L'ULTIMA BATTAGLIA DI MERLINO

LE AVVENTURE MAGICHE DI MERLINO
LIBRO 3

MOLLY FITZ

PO Box 873543
Wasilla, AK 99687

Questa è un'opera di fantasia. Nomi, personaggi, organizzazioni, luoghi, eventi e reati sono frutto dell'immaginazione dell'autrice e vengono utilizzati in modo fittizio. Qualsiasi riferimento a persone reali, vive o defunte, o a eventi reali è puramente casuale.

TRAMA

Non ho potuto fare a meno di rabbrividire quando il mio gatto mi ha portato in dono un uccellino morto.

E ho lanciato un urlo quando la bestiola è ritornata in vita all'improvviso.

All'inizio l'ho liquidata come una di quelle cose assurde che capitano quando vivi con un gatto magico, ma poi è successo di nuovo.

E così abbiamo scoperto che un nemico che conosciamo bene sta creando un esercito di creature zombi per costringerci alla resa. Ma io e Merlino ci rifiutiamo di lasciare che la magia nera abbia la meglio, soprattutto se la posta in gioco è l'esistenza stessa della magia.

E se questa dovesse estinguersi, lo stesso accadrebbe a tutti coloro che ne sono in possesso.

Nossignori, il mio gatto NON cadrà vittima di questa scellerata battaglia. Sono pronta a combattere un milione di zombie per poi mettere fuori gioco il nostro nemico. Niente si frapporrà fra Merlino il gatto magico e il suo famiglio - e sono pronta a dimostrarlo.

1

Ciao a tutti, mi chiamo Gracy Springs, ho poco più di vent'anni e lavoro come barista mentre frequento la scuola di specializzazione. Ok, mi sarei dovuta laureare diversi mesi fa, ma non ho ancora trovato il tempo di finire la tesi.

Tutto considerato, non potete farmene una colpa: provate voi a essere il famiglio di un mago felino con almeno due pericolosissimi nemici e ditemi come ve la cavereste con le faccende quotidiane.

Da quando Merlino, il mio Maine Coon, mi ha rivelato di essere un mago, i tentativi di uccidermi da parte dei suoi nemici si sono susseguiti senza sosta.

Quando mia nonna ha deciso di trasferirsi in una residenza di lusso per anziani nelle Florida Keys, mi ha regalato la sua casa a Elderberry Heights una minuscola cittadina della Georgia e il suo gatto, all'apparenza un normalissimo felino. All'inizio, a casa della nonna ci abitavamo solo io e il Main Coon. Poi si è unita a noi Luna, sua moglie, che ora è incinta; e infine è arrivato l'ex famiglio di Luna, un fantasma cattivissimo e sempre di pessimo umore di nome Virginia.

È vero. La casa è già piuttosto affollata, e i gattini non sono ancora nati!

Un'altra curiosità?

Sono una discendente di re Artù, e anche il mio gatto magico appartiene a una stirpe celebre. Infatti, è un discendente del vero Merlino.

No, non il Merlino umano, ben noto impostore, bensì il vero mago Merlino, che si dà il caso fosse un gatto.

Per via del rapporto che univa i nostri antenati, io e Merlino abbiamo un legame quasi impossibile da spezzare. E questo ci ha resi entrambi dei bersagli.

La nostra più temibile nemica, Dash, non si fa vedere da un po', ma non ci sono dubbi sul fatto che stia architettando un nuovo piano e che presto ci farà un altro scherzetto.

Onestamente, non ho la minima idea di cosa voglia da noi. E ho molta paura di scoprirlo.

Perché, sapete? Più cose imparo sul mondo

magico, meno mi sembra di capirlo. Io non posso lanciare incantesimi, ma la magia si accumula dentro di me. In realtà, questo è il mio ruolo principale come famiglio: essere un contenitore di magia ambulante per Merlino.

Se il mio padrone fosse un mago come gli altri, essere legata a lui non avrebbe messo sottosopra la mia vita così tanto. Tuttavia, poiché il mio gatto tutto è fuorché normale, gli eventi in cui rischiamo la pelle si susseguono uno dopo l'altro.

Può sembrare che mi lamenti, ma in realtà sono felice di potermi rendere utile. Qualcuno deve pur sgominare i cattivi, in fin dei conti.

E quindi, perché non io?

Le ultime parole famose, lo so...

«Oddio! Perché proprio io?» strillai quando Merlino depositò ai miei piedi un uccellino morto, mentre mi stavo ancora preparando il primo caffè della giornata.

«È un regalo» annunciò con orgoglio il Maine Coon dalla morbida pelliccia. Non sembrava minimamente offeso dalla mia reazione a quel gesto grossolano.

Osservai a disagio la sagoma del volatile afflosciato ai miei piedi: «E cosa potrebbe mai averti fatto pensare che io desideri una cosa del genere?»

«Perché non dovresti volerlo?» ribatté. Scuoteva la punta della coda, segno che stava iniziando a irritarsi con me. «E poi, come fai a sapere che non ti piace, se non l'hai neanche assaggiato?»

Questa era la prova che, anche se potevamo parlarci, non necessariamente ci capivamo o ci sopportavamo.

«Ehm, grazie» dissi, chinandomi a esaminare il 'dono' più da vicino. Dovevo trovare il modo di liberarmene mentre non guardava. Il problema, con lui, era che sembrava osservarmi di continuo.

«Hai visto, non era poi così difficile» disse il mio gatto con un sorrisetto compiaciuto fra le vibrisse.

Stavo cercando qualcosa da dire mi ci vuole un po' quando non ho ancora caffeina in circolo quando l'uccellino riprese vita.

Gridai e feci un balzo indietro, atterrando dritta sul sedere.

«Non preoccuparti, Gracy» strillò Merlino, entrando subito in azione. «Ti salvo io da questo demone piumato!»

Lo osservai in silenzio, sbalordita, mentre spiccava un salto, affondava le zanne nella preda e atterrava sul pavimento di linoleum, il tutto in un unico movimento fluido.

«Avrei... giurato che fosse... morto» borbottò, con il volatile ancora ben stretto tra le fauci. Poi, con mio sommo orrore, gli diede una bella sgranocchiata.

Oh, povero pettirosso!

Merlino posò nuovamente ai miei piedi il volatile, ora certamente stecchito, e iniziò a toelettarsi dandosi lunghe e ampie leccate sul fianco.

Non sapevo cosa dire. Di certo non sarei riuscita a ringraziarlo di nuovo, ma non potevo neanche punirlo per essersi comportato da gatto.

Mentre fissavo l'uccellino perplessa, quello riprese nuovamente vita. Inizialmente mosse solo la punta di un'ala, poi aprì un occhietto nero e scintillante.

Arretrai, appoggiata su mani e piedi, fino ad andare a sbattere contro il frigo.

«Oh no, non osare!» strillò Merlino, scattando in avanti prima che la sua vittima riuscisse a spiccare il volo.

Lo addentò di nuovo con forza, questa volta spezzandogli il collo, che restò piegato a un'angolazione innaturale.

Inspirai ed espirai profondamente, pregando di non vedere mai più una scena simile nella mia cucina. Anche senza caffè, ora ero perfettamente sveglia—nonché terrorizzata a vita.

«Sei sicuro che ora sia morto davvero?» sussurrai dopo una breve pausa, timorosa che, se non avessi parlato a voce abbastanza bassa, le mie parole avrebbero risvegliato l'uccellino dal sonno eterno.

Io e Merlino restammo a fissare il mucchietto scomposto di penne e lo vedemmo riprendere vita—un'altra volta.

Non era certo quello il modo in cui avevo progettato di iniziare la giornata!

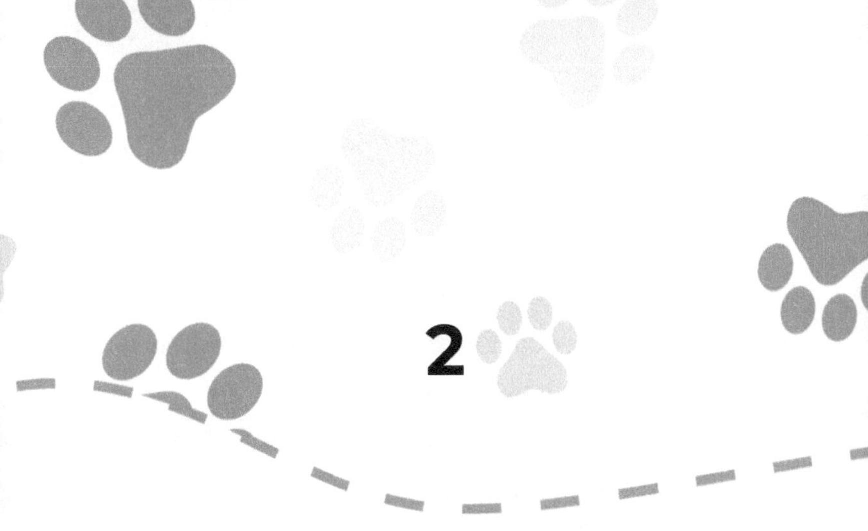

2

«Perché non muore?» strillai, cercando a tentoni un appiglio nel tentativo di rimettermi in piedi.

«Questa è magia nera» dichiarò Merlino prima di balzare sul volatile morto/moribondo/non-morto. «Vai da Luna. Io mi occupo di questo demonio.»

Beh, non aveva bisogno di dirmelo una seconda volta. Corsi fuori dalla cucina e dalla porta di casa senza neanche prendermi la briga di mettermi un paio di scarpe. La rugiada mattutina mi bagnò le calze, ma non me ne importava nulla. Più tardi mi sarei cambiata, ma in quel momento non sarei riuscita a sopportare di restare ancora a guardare mentre Merlino, in cucina, si accaniva sul mostro dal becco appuntito.

In un batter d'occhi girai intorno alla casa e trovai Luna spaparanzata sull'erba e intenta a prendere il sole. Da quando aspettava i cuccioli, trascorreva molto più tempo nel giardino sul retro, dove l'avevo aiutata a piantare alcuni fiori ed erbe per lenire la nostalgia di casa che talvolta provava.

Vedendomi, si alzò delicatamente in piedi; i suoi movimenti erano ancora la perfetta rappresentazione della grazia e dell'eleganza, nonostante la gravidanza fosse quasi giunta al termine.

Sì, l'arrivo dei gattini era ormai prossimo. Dopo aver scoperto che lei era in dolce attesa, Merlino e Luna mi avevano dato una settimana di tempo per organizzare il loro matrimonio. Avevano deciso che, poiché il sacramento del matrimonio era importante per gli umani, l'avrebbero onorato anche loro, così che io mi ero dovuta sobbarcare tutti i preparativi. Era accaduto solo poche settimane prima: gli sposini avevano trascorso un paio di notti fuori casa per la luna di miele, poi la vita era tornata alla normalità— per lo meno, per quanto ciò sia possibile quando si vive con due gatti parlanti e un fantasma.

Avevo quasi iniziato a credere che i cattivi del mondo magico avessero smesso di prendersela con noi, ma il malconcio pettirosso che continuava a risorgere aveva appena dimostrato il contrario.

«Oh, tesoro» disse Luna notando la mia espressione sconvolta. «Avevo detto a Merlino che non avresti apprezzato quel regalo, ma lui ha insistito. Dice che non sei più tu, da quando Virginia è venuta a stare da noi, e voleva fare qualcosa per farti sentire apprezzata.»

«È un pensiero carino» dissi, sforzandomi di sorridere e strofinandomi la schiena dolorante. «Ma hai ragione, quel volatile è stata un'idea terribile. Soprattutto perché non ne vuole sapere di restarsene morto.»

Luna appiattì le orecchie all'indietro e spalancò gli occhi azzurri: «Cosa significa che non ne vuole sapere di restarsene morto?»

«Esattamente quello che ho detto. Quel coso sembrava morto, poi è risaltato su pochi attimi dopo. Sono piuttosto certa di aver visto Merlino spezzargli il collo, ma nemmeno questo l'ha fermato.» Rabbrividii al ricordo; poco ma sicuro, quell'immagine si sarebbe ripresentata a lungo nei miei incubi. «Tra l'altro, credo di essere appena diventata vegetariana.»

Luna soffiò: «Non osare scherzare su questioni così terribili.»

«Quale delle due cose credi sia uno scherzo?» sbottai incredula.

Luna mi osservò per qualche istante: «Oh cielo. Dici sul serio, vero?»

«Sono mortalmente seria» dissi a denti stretti. «O forse dovrei dire *non mortalmente.*»

«Sì, sembra che sia proprio con *questo* che abbiamo a che fare» concordò Luna annuendo con solennità.

«Intendi dire…?» Non riuscii nemmeno a finire la frase. Perfino dirlo sembrava inverosimile.

«Zombi» disse Luna, confermando i miei sospetti.

«Ma com'è possibile?» sbottai, maledicendo la nostra cattiva sorte. Anche se qualcosa mi diceva che la sfortuna non c'entrava affatto.

«Il come è piuttosto semplice» mi spiegò pazientemente Luna. «È il perché a preoccuparmi di più.»

«Ora sono curiosa.»

La gatta rimase a fissare casa nostra senza dire nulla.

«Come si fa a creare gli zombi, Luna?» insistetti.

Lei sbatté le palpebre per il sole, poi si voltò lentamente verso di me: «Beh, sai che i gatti hanno sette vite, vero?»

«Ovviamente» dissi, per spingerla a proseguire. Avevo sempre dato per scontato che si trattasse solo di un modo di dire, ma evidentemente non era così. Avrei dovuto ricordarmi di chiedere spiegazioni ai gatti in seguito, quando non ci fossero più stati zombi da affrontare in cucina.

«Ma non è così per tutti i gatti. Solo per i maghi. Non siamo immortali, ma ci sono concesse delle vite aggiuntive.»

«Ok» dissi, annuendo. «Ha senso.»

«Possiamo fare dono delle nostre vite ad altri. Si tratta di un incantesimo complesso, ma piuttosto diffuso. Solitamente viene effettuato con buone intenzioni, affinché i membri di una coppia possano vivere per lo stesso tempo.»

«Ma immagino che non sia così per l'uccellino che Merlino mi ha portato» azzardai.

«No» disse lei, guardandosi intorno. «Esiste una versione corrotta dell'incantesimo di condivisione delle vite che può essere usata per rianimare i morti.»

«Ma quel volatile era appena morto. L'ho visto con i miei occhi» le ricordai.

Il muso di Luna assunse un'espressione tirata che non contribuì certo a confortarmi: «Sì. Questo significa che la nostra nemica, la maga oscura, è vicina.»

«Credi che creerà altri zombi?»

«Immagino che l'arrivo del primo non sia stato un caso, quindi è molto probabile che ne giungano altri.»

«Ma per quale motivo qualcuno dovrebbe rinunciare alle proprie vite solo per spaventarci un po'?»

Era questo che non capivo. Anche se non potevamo uccidere il pettirosso, eravamo comunque molto più grandi e forti di lui e avremmo potuto trovare un altro modo per sopraffarlo.

«Questa è la cosa che mi inquieta maggiormente » bisbigliò Luna. «I maghi davvero malvagi quelli disposti a usare un incantesimo come questo sono anche in grado di controllare la mente e la volontà altrui. È possibile che il colpevole abbia già a disposizione un esercito di maghi indifesi e che ognuno di essi abbia con sé schiere di zombi.»

Sospirai e mi passai una mano fra i capelli: «Quindi le cose si stanno mettendo male, vero?»

«Molto male» disse Luna a fatica, come se il solo pronunciare quelle parole potesse contribuire a renderle più reali.

Luna era la più coraggiosa fra noi. Se la questione degli zombi la spaventava tanto, ci aspettavano tempi durissimi.

Quella giornata non faceva che peggiorare...

3

«Ora che sai con cosa abbiamo a che fare, capisci che non possiamo lasciare Merlino da solo con quella creatura neanche un altro istante.» Luna partì di corsa e fece il giro intorno alla casa, dirigendosi all'ingresso principale.

La seguii a grandi passi, ma esitante. Un pettirosso non-morto non poteva fare chissà cosa, ma un intero stormo? C'era un motivo se il capolavoro di Hitchcock, il cui titolo calzava a pennello alla nostra situazione, era uno dei film dell'orrore più apprezzati di tutti i tempi.

Quando entrai in casa, trovai Luna intenta a girare intorno a Merlino a passo svelto, esaminandolo attentamente: «Sei sicuro che non ti abbia ferito?»

Merlino rizzò il pelo e scosse il folto mantello: «Anche se l'avesse fatto, sto bene. L'incantesimo di condivisione della vita non può essere effettuato tramite una terza creatura. Se qualcuno vuole trasformarmi in uno zombi, dovrà farlo di persona.»

Luna miagolò tristemente: «È proprio ciò che temo, caro.»

Merlino strofinò il muso contro quello di lei: «Non preoccuparti per me, amore mio. Tu pensa a far crescere i nostri cuccioli nel tuo pancino. Io mi occuperò di tutto il resto.»

Luna strinse gli occhi e frustò l'aria con la coda. Amava Merlino, ma non le piaceva essere esclusa dalle nostre avventure. Quando era ancora una maga, era la più potente dei due e, di tanto in tanto, sembrava ricredersi sul sacrificio che aveva fatto, sia che si trattasse di combattere contro un fantasma o di indagare su rumori sospetti durante la notte.

«Luna mi ha aggiornata sui risvolti magici della questione» dissi, facendo un cenno con il capo nella sua direzione. «Penso di aver capito tutto, ma che ne è stato del pettirosso?» Diedi un'occhiata in giro, ma non scorsi la malefica bestia da nessuna parte.

Merlino attraversò la cucina e venne a sedersi ai miei piedi: «Ho sconfitto il vile demone nel miglior modo possibile, nonché il più piacevole per me.»

Fece una pausa, sollevando il naso in un gesto di orgoglio.

«Hai—»

«L'ho mangiato!» concluse Merlino a occhi sgranati. «In genere non mi piace cibarmi di carne corrotta dalla magia nera, ma uno spuntino è sempre uno spuntino. E dovevo pur liberarmene in qualche modo. Ora, se non altro, siamo certi che non tornerà.»

Rabbrividii al pensiero della carcassa spappolata nello stomaco del mio gatto. *Bleah, bleah, bleah!*

«Ma chi mai ci manderebbe contro uno zombi, e perché?» chiese Luna, la preoccupazione riflessa nei grandi occhi azzurri.

«Avrai di sicuro notato che collezioniamo nemici come se fosse diventata la tendenza *fashion* del momento» la prese in giro Merlino. «Dammi retta, le ultime settimane sono state sospettosamente tranquille.»

«Aspettate. C'è qualcun altro a cui possiamo chiedere» mormorai; poi iniziai a marciare su e giù per il corridoio battendo le mani sulle pareti. «So che ci sei!» gridai. «Vieni fuori. Dobbiamo parlarti!»

Non ci volle molto perché un fantasma molto arrabbiato sbucasse fuori dal muro rivolgendomi uno sguardo glaciale.

Se lo sguardo potesse uccidere... In realtà credo che la nostra coinquilina immateriale sperasse sul serio che la sua espressione arcigna mi uccidesse, ma ormai era del tutto priva di poteri e, per di più, vincolata a casa nostra.

Virginia trascorreva la maggior parte del tempo nascosta all'interno delle pareti, l'unico luogo in cui poteva avere un po' di privacy.

Ciò nonostante, da vile tirapiedi qual era, seppur defunta, poteva comunque sapere qualcosa sul nostro nemico creatore di zombi. E, in ogni caso, chiedere non costava nulla.

«Perché oggi siamo stati attaccati da uno zombi?» le chiesi mentre mi fluttuava davanti, quasi trasparente per via della mancanza di energia magica.

«È per questo che avete fatto tutto quel baccano?» chiese divertita. «E nessuno ha pensato di venire a svegliarmi? Mi sarebbe piaciuto vedere qualcuno farvi un *derrière* così.» Evidentemente era troppo distinta per usare la parola 'sedere'.

Alzai gli occhi al cielo. La metà delle volte l'anziano fantasma mi ricordava un'adolescente insolente —ed erano le volte in cui non cercava direttamente di ucciderci. Dovevo concederglielo: non si arrendeva facilmente.

«Se avessi saputo che stava arrivando uno zombi,

avrei fatto del mio meglio per dargli una mano» aggiunse con un *bah!*

«Buffo, perché sono piuttosto certa che non parli uccellese» sibilò Luna, rannicchiandosi mentre si rivolgeva a Virginia.

«Se è per questo, neanche tu, *mia cara*» disse il fantasma, scimmiottando i modi un po' leziosi della sua ex maga.

«Ci stai spiando!» La attaccai senza mostrare alcuna esitazione.

Virginia fece spallucce: «Ricordati che sei *tu* quella che mi ha reso impossibile andarmene da questo luogo squallido. Certo che vi spio. Il problema è che non ho nessuno a cui rivelare ciò che so.»

Mi morsi il labbro inferiore e annuii. Ovviamente aveva ragione. Non poteva parlare con nessuno che non si trovasse all'interno delle mura di casa nostra, e sia io che i gatti ci guardavamo bene dal lasciare entrare chiunque non conoscessimo e non avessimo esaminato a fondo.

Una cosa mi fu subito chiara: il creatore degli zombi non collaborava con il fantasma che viveva in casa nostra. Da un lato era una buona notizia: nessuno poteva venire a sapere i nostri segreti, anche se Virginia ne era a conoscenza. Ma d'altra parte, non avevo idea di come procedere.

E qualcosa mi diceva che sarebbe stato molto più difficile sconfiggere gli zombi, se non avessimo capito quando o da dove arrivavano. Beh, se non altro avevamo avuto qualche settimana per riprenderci. Si profilava una battaglia e, a giudicare dallo scontro di quella mattina, non sarebbe stata una di quelle facili da vincere.

4

«È il caso di andare a Nocturna per documentarci?» domandai ai gatti, riferendomi alla città magica nascosta a cui era possibile accedere solo attraverso il calderone di un mago—o, nel nostro caso, la vasca per uccelli nel cortile anteriore, che Merlino utilizzava anche per preparare le pozioni.

«Non possiamo sempre correre subito a Nocturna. Ci sono altri modi per risolvere la questione» brontolò il mio gatto. Una zanna gli sporgeva dal labbro inferiore, dandogli un aspetto irritato ma comico.

«...così disse egli, sapendo che un certo Tom lo aspettava al varco...» lo prese in giro Luna. Una cosa che avevo imparato in fretta, vivendo con quei due, era che le vite amorose dei gatti erano ben più complesse di quelle degli umani. Prima avevano rotto per dedicarsi alla magia, diventando nemici giurati, poi erano giunti al grande momento della resa dei conti; infine erano tornati insieme di colpo e ora aspettavano una cucciolata. Come se non bastasse, nel frattempo Merlino aveva anche fatto arrabbiare alcuni vecchi pretendenti di Luna, che ritenevano che lei avesse fatto la scelta sbagliata. Uno di essi, il suddetto Tom, lo aveva perfino sfidato a duello, e il Main Coon aveva stupidamente accettato.

Tornare a Nocturna significava mettere a rischio i poteri di Merlino perché, se avesse perso il duello, avrebbe dovuto trascorrere il resto della vita senza la magia. Purtroppo, né io né Luna potevamo recarci a Nocturna senza di lui, poiché era l'unico mago fra noi. E se avesse perso i suoi poteri, non soltanto non saremmo mai più potuti tornare nella città magica, ma saremmo anche stati facili bersagli in questa dimensione. Qualunque entità sovrannaturale ci stesse dando la caccia, non avrebbe certo smesso di farlo se avessimo perso la nostra unica fonte di magia, anche se senza saremmo stati del tutto inermi.

Era questo che rendeva la questione degli zombi così frustrante. Il loro creatore stava letteralmente giocando con la vita e la morte. E io preferivo restare tra i vivi, grazie tante.

Lanciai un'occhiata prima a Luna, poi a Merlino, torcendomi le mani: «Se non possiamo andare a Notturna, allora da dove iniziamo? Cerchiamo di catturare uno degli zombi e di farci dire quello che sa?»

Virginia mi si avvicinò e io agitai le mani come se si trattasse di un cattivo odore che potevo scacciare.

Lei rise e si avvicinò ancora di più: «Siete riusciti a sconfiggermi solo per uno stupido colpo di fortuna. Non pensate che vi ricapiti. Non c'è la minima possibilità che qualcuno di tanto impreparato come voi, e mi riferisco a tutti e tre, possa farcela contro uno specialista in morti viventi. Presto non sarò più l'unico fantasma in questa casa; tenetelo bene a mente.»

Luna rizzò i peli del collo e diede una zampata all'aria: «Vattene, seccatrice! L'unica debole qui sei tu. Hai firmato di tuo pugno la tua condanna a morte quando hai deciso di tradirmi per la tua brama di potere. E non hai nessuno da incolpare se non te stessa e, forse, quell'orribile maga dell'illusione.»

Merlino annuì, pensieroso, ma capii che era distratto. «Possiamo catturare uno zombi, sì, ma tenerlo in vita cioè, animato non ha alcun senso.

Quelle creature non sono abbastanza intelligenti da fare nulla se non inseguire il loro bersaglio. Sono usa e getta. Assistenti perfetti, perché non si lasciano distrarre e non tradiscono il loro creatore.»

«Pensate davvero di avere una possibilità?» Virginia rise ancora più forte.

Merlino si voltò a fissarla, gli occhi verdi scintillanti di rabbia: «Zitta, o mi mangio anche te!»

Virginia aprì la bocca per parlare, ma lui continuò a fissarla con tutta l'ostilità che riuscì a chiamare a raccolta, cioè parecchia.

Lei sospirò e fluttuò verso il bordo della stanza. Rimase abbastanza vicina da continuare a spiarci, ma se non altro senza più prendere parte alla conversazione.

«Pensate che possa trattarsi di Dash?» chiesi ai gatti. «Sembra proprio che sia tornata per affrontarci di nuovo. È questo che sta succedendo?»

«È un'ipotesi come un'altra, tesoro» concordò Luna, per poi leccarsi una zampa e strofinarsela sulla fronte.

«E, in ogni caso, potrebbe essere ovunque» puntualizzai. «Può assumere qualsiasi aspetto. Come faremo a riconoscerla, quando ce la troveremo davanti?» Proprio la capacità di manipolare le percezioni altrui era ciò che aveva consentito a Dash di arrivare a noi la prima volta.

«Non potremo saperlo» disse freddamente Merlino. «Per lo meno all'inizio. Ma sono piuttosto certo che ci voglia vivi. Almeno per il tempo che le servirà per portare a termine il piano che ha in serbo per noi, qualunque esso sia. Lasceremo che ci catturi, e partiremo da lì.»

«Caro» sussultò Luna sbattendo la zampa anteriore a terra e facendoci sobbalzare entrambi. «È un'idea tremendamente pericolosa! Pensa ai gattini!»

«Ci sto pensando, ed è per questo che ho bisogno che tu resti qui.» Merlino diede una leccatina sulla fronte a Luna, poi marciò fino alla porta e rimase in attesa, scuotendo la coda con impazienza.

«Forza, Gracy» disse con un tono che non ammetteva repliche. «Prima iniziamo, prima potremo concludere questa storia una volta per tutte.»

Non volevo mettermi in mezzo alla loro discussione, ma non avevamo un piano migliore per stanare il creatore di zombi, e non sopportavo di restare a guardare senza far niente mentre attendevamo che colpisse ancora.

Sospirai e rivolsi uno sguardo di scuse a Luna mentre mi infilavo un paio di scarpe, prendevo le chiavi e seguivo Merlino fuori da casa.

«Andiamo a catturare il cattivo!» dissi dopo aver chiuso con cura la porta alle nostre spalle.

«In realtà» disse Merlino con un sorriso compiaciuto, «stiamo andando a farci catturare dal cattivo.»

Annuii e seguii il mio gatto lungo la strada, senza sapere minimamente se quel piano avventato potesse funzionare o meno.

5

Camminavo lungo la strada con nonchalance, nonostante il gigantesco gatto domestico che avanzava con determinazione al mio fianco.

«Come mi devo comportare?» gli borbottai quando fui certa che nessuno ci stesse guardando.

«Fai... come se niente fosse» disse lui muovendo appena la bocca.

Svoltammo l'angolo e ci imbattemmo nell'anziana signora Harkness, intenta ad annaffiare le begonie con un bel sorriso.

«Buongiorno, Gracy!» trillò. «E buongiorno anche al tuo piccolo amico peloso.»

Ondeggiai le dita in segno di saluto e sfoderai il

mio miglior sorriso: «Sì, proprio una giornata fantastica!» risposi.

«Ho detto *fai come se niente fosse*» soffiò Merlino.

«Cos'hai detto, cara?» chiese la signora Harkness, la fronte aggrottata mentre chiudeva l'acqua e sbatteva gli occhi per il sole.

«Oh, s-s-stavo solo dicendo che il tempo oggi è davvero magnifico!» dissi, affrettando il passo prima che riuscisse a capire chi aveva parlato davvero.

Attesi che ci trovassimo a un intero isolato di distanza prima di riaprire bocca: «Ci è mancato poco.» Mi inginocchiai per accarezzare Merlino sulla testa e abbassai la voce. Con un po' di fortuna i passanti avrebbero pensato che stessi semplicemente coccolando il mio gatto. «Non dovresti parlare quando siamo fuori casa. Qualcuno potrebbe sentirti.»

Merlino mi fece l'occhiolino e io mi rialzai, pronta a proseguire.

Ma un attimo dopo lui emise un terribile ululato e scalciò con le zampe posteriori, infuriato.

Mi chinai per accarezzarlo, ma lui mi colpì la mano con una zampata. «LU! NA!» sbraitò, per metà urlando e per metà miagolando.

Lanciai uno sguardo lungo l'isolato e individuai subito una macchia bianca sfocata all'orizzonte. Non avevo mai visto Luna muoversi così velocemente, ma non c'erano dubbi che fosse lei, soprattutto considerando la reazione di Merlino.

Quando ci raggiunse, si sedette proprio di fronte a lui.

«Ti avevo detto di restare a casa!» disse lui ribollendo di rabbia.

«E io ti avevo detto che non mi sarei fatta da parte» ribatté lei con un sussurro roco.

«E io vi ho detto di non parlare quando siamo fuori casa e chiunque può sentirci.»

«A me non lo hai detto, tesoro» puntualizzò Luna. «Vedi, mi sono già persa qualcosa. Mi rifiuto di essere estromessa dalle nostre avventure solo perché sto per diventare madre. Insieme ce la caviamo meglio. Avete bisogno di me.»

«Ok, però dico sul serio, smettetela di parlare finché siamo in pubblico!» sibilai mentre un furgoncino malconcio ci passava accanto. Il guidatore mi fissò come se fossi pazza, e aveva assolutamente ragione.

Quando ci ebbe superati, Luna emise un miagolio acuto strofinando il muso contro la mia mano; per farmi capire che era d'accordo, supposi. Beh, almeno uno dei due accettava il mio punto di vista. E poi, Luna aveva ragione. Era stata parte integrante delle nostre avventure fin dall'inizio, e non ne saremmo usciti vivi senza di lei.

Merlino ci fissava entrambe con i grandi occhi verdi, frustando l'aria con la coda, chiaramente scontento. Ma non aggiunse altro, quindi immaginai che fosse d'accordo sul tenere la bocca chiusa per un po'.

«Non ho idea di dove sto andando» ammisi in un sussurro, accovacciandomi di nuovo di fianco ai gatti. «Uno di voi due può fare strada?»

Luna miagolò e trotterellò avanti, voltandosi indietro solo per un istante per accertarsi che la stessimo seguendo.

Merlino emise un basso brontolio, ma si mise ugualmente in cammino. Detestava non essere lui a prendere le decisioni. Non che accadesse molto spesso, ma quelle poche volte, gli seccava.

Luna procedeva molto più velocemente rispetto alla sua solita andatura, e dopo qualche isolato mi ritrovai con il fiatone e la fronte imperlata di sudore.

«Non sta funzionando» mi lamentai. «Nessuno ci presta attenzione.»

Merlino aprì la bocca, pronto a rimbeccarmi con un 'te l'avevo detto' o 'ben ti sta per aver cercato di zittirmi'.

«Oh, io non direi *nessuno*» rispose una voce raffinata da un cespuglio di azalee lì accanto, prima che

Merlino riuscisse a dire alcunché. Le parole fluivano una dopo l'altra senza pause per prendere fiato, creando un suono inquietante che ricordava il fruscio di un serpente. Anche se non riuscii a capire subito di chi si trattasse, ricordavo di aver già sentito quella voce. Come avrei potuto dimenticare qualcosa di così particolare e sinistro?

Luna si slanciò dritta nel cespuglio, mentre Merlino rimase titubante sul marciapiede accanto a me. Udimmo un lieve bisbigliare di voci feline e pochi istanti dopo il musetto bianco di Luna spuntò fuori dal cespuglio e lei ci fece cenno di avvicinarci.

Oh, speravo davvero che il proprietario dell'azalea non decidesse di comparire proprio in quel momento, perché non avrei saputo che spiegazioni dare per giustificare la scena. Merlino si intrufolò nel cespuglio con facilità, ma io dovetti appoggiarmi a terra, carponi, e avvicinare il viso al suolo per riuscire a vedere qualcosa tra quel groviglio di foglie e rami.

Tre paia di occhi scintillanti mi fissarono: blu, verdi e gialli. Per quanto riguardava il nuovo arrivato, non riuscii a scorgere altro che quegli occhi gialli come il sole, ma fu sufficiente per riconoscerlo.

Il signor Fluffikins era arrivato.

E questo significava che c'erano problemi seri.

6

«Sono stato chiamato a indagare su una perturbazione magica in questa zona» spiegò il gatto nero.

Avevamo conosciuto Fluffikins dopo che Merlino aveva evocato un fulmine dentro casa, aprendo un grosso squarcio nel tetto. Non avevo i soldi per farlo riparare e Merlino non disponeva del tipo di magia adatto per farlo, così lui e Luna si erano teletrasportati in vari luoghi della Georgia del Sud finché non avevano trovato il signor Fluffikins.

La sua magia era diversa da quella di Merlino e da quella che, un tempo, aveva posseduto Luna. Anziché essere legato a uno specifico elemento naturale, Fluffikins deteneva un tipo speciale di magia generato dal

cuore stesso della Terra ed era in grado di fare praticamente di tutto.

Sfruttava le sue capacità per gestire un team di creature sovrannaturali di vario tipo nella vicina città di
Beech Grove che, seppur piccola, era il principale centro
magico in questa parte dello stato; di fatto, il piccolo
gatto nero accovacciato davanti a noi era l'essere magico
più potente nel raggio di decine di chilometri. Se era
stato chiamato a investigare di persona su una perturbazione, significava che si trattava di qualcosa di grosso.

Mi morsi il labbro inferiore, trattenendomi dal
rivolgergli una dopo l'altra tutte le domande che mi
affollavano la mente.

Come avevo scoperto al matrimonio di Merlino e
Luna, Fluffikins teneva molto ai protocolli e al gala-
teo. Voleva che le cose venissero fatte in un certo
modo—o meglio, lo *pretendeva*. E in quanto a gerar-
chia magica, il mio gatto era di gran lunga più in alto
di me.

Quindi, come previsto, fu Merlino a condurre la
conversazione, tenendo il naso ben sollevato per
mostrare che non si sentiva intimorito dall'altro gatto,
anche se forse non era proprio così.

«Questa perturbazione potrebbe avere a che fare
con degli zombi?»

Fluffikins piegò il capo di lato; sembrava che i suoi occhi fluttuassero nell'oscurità. «Zombi? No. Niente di così terribile.»

«Beh...» Merlino spostò il peso da una zampa all'altra prima di proseguire. «Mi preme farle sapere che siamo stati attaccati da un pettirosso zombi questa mattina, e abbiamo ragione di credere che ne arriveranno altri.»

«Altri? Siete certi che non si sia trattato di un errore? Magari un novizio che, nell'esercitarsi con l'incantesimo di condivisione della vita, l'abbia accidentalmente trasferita alla creatura sbagliata?»

«Ne siamo sicuri» rispose Luna con espressione grave.

«Beh, già che sono qui, avete bisogno del mio aiuto?» chiese Fluffikins. «È il minimo che possa fare mentre cerco il mio obiettivo.»

«Chi è il suo obiettivo?» chiesi, incapace di trattenere la curiosità.

Fluffikins emise un sospiro stanco: «Si tratta di una circostanza spiacevole. Un giovane vampiro si aggira incontrollato nella vostra città. Rischia di svelare agli umani l'esistenza di ogni tipo di essere magico a causa della sua sconsideratezza.»

«Non ho notato niente di strano» dissi stringendomi nelle spalle. «Forse non è così terribile come crede.»

«Finora abbiamo avuto fortuna, ma se non imparerà al più presto a controllarsi, la situazione si farà complicata.» Fece una pausa e smise di prestarmi attenzione, tornando a rivolgersi al soggetto di rango più elevato fra i presenti: «Merlino, ti serve il mio aiuto per gestire questi zombi?»

Il mio gatto fiutò l'aria e scosse il capo: «No, grazie. Siamo perfettamente in grado di affrontare da soli questo—»

«*TCHI TII TII YAAAAAH!*» Un urlo terrificante squarciò l'aria; non somigliava a niente che avessi mai sentito prima. Qualche istante dopo, un piccolo proiettile attraversò il cespuglio e atterrò davanti a noi.

Si sollevò sulle zampe posteriori, smaltendo la potenza dell'impatto come un vero esperto di arti marziali, poi si voltò verso Merlino con espressione assassina negli occhi neri e scintillanti.

«CHYAHHHHHH!» gridò di nuovo, gettandosi sul muso del Maine Coon.

Merlino barcollò all'indietro, ma il minuscolo aggressore gli si aggrappò alle vibrisse tenendosi stretto, rifiutandosi di lasciarsi scrollare via.

Sia Luna che Fluffikins entrarono in azione. Luna

si gettò sull'invasore brandendo gli artigli affilati nell'urgenza di difendere il suo compagno.

Il signor Fluffikins evocò un viticcio turbinante di magia rosa e lo utilizzò come lazo per catturare la creatura e staccarla da Merlino. Quando l'ebbe catturata, la sollevò per ispezionarla.

L'animaletto sibilava e sbuffava, cercando disperatamente di liberarsi. Quando vide che Fluffikins non intendeva lasciarlo andare, la creatura iniziò a rosicchiarsi una spalla.

Fu allora che capii di cosa si trattava: era uno scoiattolo. Ebbi appena il tempo di rendermene conto, poi l'aggressiva bestiola si spezzò la zampa e sfuggì alla presa magica di Fluffikins, che non riuscì a nascondere lo sconcerto.

Schizzò fuori dal cespuglio e gridò di nuovo: «*TCHI-TCHI-TCHIIIIIYA!*»

Il signor Fluffikins girò su se stesso e lanciò un fiotto di magia verso l'alto. Questo esplose intorno a noi e io mi affrettai a proteggermi la testa con le mani.

«Nessuno nel raggio di un isolato potrà vederci o sentirci, ma dobbiamo liberarci di questa creatura malvagia al più presto!» gridò Fluffikins.

In un lampo i tre gatti balzarono fuori dal cespuglio, pronti per una lotta all'ultimo sangue.

7

Gli scoiattoli piovevano dall'alto, un vero e proprio esercito sceso dal cielo, o per lo meno dai rami vicini. Essendo ancora bloccata a terra, appoggiata su mani e ginocchia e con la testa dentro a un cespuglio, mi trovai totalmente in balia di quelle creature.

Minuscole zampette dagli artigli affilati mi graffiavano la schiena e, caspita, facevano davvero male! Indietreggiai il più in fretta possibile e mi alzai in piedi, ma quei minuscoli demoni non mollavano la presa.

Merlino, Luna e il signor Fluffikins si lanciarono alla carica attaccando gli scoiattoli aggrappati a me.

Ma continuavano ad arrivarne altri, a ondate. Neri, grigi, marroni e perfino rossi, tutti con quello sguardo assassino, tutti determinati a farci a brandelli.

E sinceramente non sapevo come combatterli. Né volevo farlo. Mi era sempre piaciuto osservare quei simpatici animaletti andare a fare uno spuntino nella mangiatoia per uccelli nel giardino sul retro.

Benché altrettanto agili, questi scoiattoli erano però parecchio diversi. Fuori di testa. E considerando come si era comportato il primo, ero pronta a scommettere che fossero dei non-morti. Sembrava proprio che il creatore di zombi ci avesse trovati, quindi il nostro piano aveva funzionato. Con il senno di poi, posso dire che era un pessimo piano.

Un altro quesito preoccupante mi balenò in mente: gli scoiattoli zombi potevano attaccarci la rabbia? Avrei dovuto aggiungere una visita in pronto soccorso al lungo elenco delle cose da fare più tardi, sempre ammesso che fossimo sopravvissuti a quella follia.

Uno di quei mostriciattoli dai denti aguzzi mi affondò le zanne nella nuca e io ruggii di dolore. Ben mi stava, per essermi persa nei miei pensieri in un momento in cui avrei dovuto essere presente a me stessa.

Mi ero appena scrollata di dosso l'ultimo scoiattolo, quando un altro mi assalì, e una ghianda scagliata alla velocità della luce mi colpì una tempia.

Ma che diavolo...? Mi voltai bruscamente di lato, mentre un'altra mezza dozzina di nocciole e altri proiettili mi colpivano con violenza in faccia.

Oh, che male!

E con questo, la mia riluttanza a fare del male a quei piccoletti svanì. In ogni caso, erano già non-morti e, se non avessi contrattaccato, io o uno dei gatti avremmo rischiato di fare la stessa misera fine.

La signorina Gracy Springs non è una preda facile, nossignore!

Iniziai a camminare a passi pesanti, cercando di schiacciare i mostriciattoli sotto i piedi. Tuttavia, niente riusciva a fermarli. Anche dopo essere stati calpestati, si rialzavano, strisciando sul ventre in cerca di vendetta.

«Sono troppi!» gridò Merlino. «Non posso mangiarli tutti!»

Lo splendido pelo bianco di Luna era striato di sangue, ma lei continuava ad azzannare, graffiare e colpire. Perfino il signor Fluffikins sembrava provato, mentre brandiva una frusta di magia rosa per tenere lontana l'orda di non-morti.

Il rombo di un motore risuonò nelle vicinanze, ma non scorgevo nessun veicolo. Voltai il capo in direzione di quel suono, e uno degli aggressori colse l'occasione per arrampicarmisi lungo il fianco e piazzarsi proprio in cima alla mia testa.

Gridai e presi ad agitare le mani cercando disperatamente di scacciarlo prima che riuscisse a mordermi e magari a lasciarmi una cicatrice in bella vista.

Il rombo del motore si faceva sempre più forte man mano che il veicolo si avvicinava. Di chiunque si trattasse, ci avrebbe visti coinvolti nella battaglia: una donna e tre gatti contro un'orda di scoiattoli deformi e furenti. Come avrei potuto spiegare quell'assurdità?

Un attimo, no. Il signor Fluffikins aveva eretto una barriera. Il nostro segreto era al sicuro, ma noi? Eravamo solo in quattro, mentre il creatore di zombi sembrava avere un esercito infinito di scoiattoli al suo servizio. Eravamo proprio sicuri che si trattasse di Dash? E che, di chiunque si trattasse, ci volesse vivi?

Vruum, vruum. Il rombo del motore si fece sempre più vicino, poi da una stretta curva sbucarono una motocicletta e un pilota con il casco.

Un secondo scoiattolo mi si arrampicò in testa e prese a strattonarmi la coda nella quale avevo legato i capelli. Lanciai un'occhiata a Merlino, che però era bloccato al suolo come Gulliver quando si risveglia sull'isola dei lillipuziani. Ci erano voluti una ventina di mostriciattoli per tirarlo giù, ma collaborando erano riusciti a sopraffarlo.

La moto sgasò e prese velocità.

Voltai la testa in direzione del suono, fissando la scena con orrore, mentre il veicolo si sollevava sul marciapiede, avanzando dritto verso di noi senza alcun cenno di voler rallentare.

Potevamo anche essere protetti da occhi e orecchie indiscreti grazie alla barriera eretta dal signor Fluffikins, ma ciò non avrebbe impedito alla moto di investirci. Il pilota non sapeva nemmeno di essere in pericolo.

La situazione era questa: se la moto in corsa non mi avesse uccisa, ci avrebbero pensato gli scoiattoli zombi.

Tra tutti i possibili modi di morire, questo era il più assurdo!

8

L a motocicletta scartò di lato, mancandomi di poco, mentre abbatteva numerosi scoiattoli, con gli spessi pneumatici che li spiaccicavano sul cemento. Ma anche così, gli zombi pelosi riprendevano vita, cercando di sollevarsi da terra.

La moto fece inversione e venne a fermarsi a pochi passi da me. Il pilota sollevò la visiera del casco, rivelando i tratti ben definiti del mio collega e bizzarro amico, Drake.

«Prendi i gatti e salta su» gridò prima di riabbassare la visiera.

Beh, non c'era bisogno che me lo dicesse due volte, e io non avevo bisogno di dirlo ai gatti. Ci ammassammo sulla moto, con gli scoiattoli rimasti che ancora tentavano di saltarci addosso e colpirci con le ghiande.

Per un istante mi chiesi come Drake avesse potuto individuarci nonostante la barriera magica, ma ero troppo sconvolta e troppo grata per pormi domande su quella fortunata circostanza. Inoltre, avvenivano strani fenomeni quando si trattava di Drake e della magia. Non era la prima volta che riusciva a fare qualcosa che sarebbe stato impossibile per chiunque altro.

«Tenetevi forte.» Drake avviò il motore e il veicolo prese vita.

Gli scoiattoli rimasti piangevano e squittivano, tentando di inseguirci con movimenti incredibilmente veloci.

Ormai eravamo fuori dalla bolla protetta, il che significava che chiunque, in possesso o meno della magia, avrebbe potuto vedere la nostra fuga disperata e l'orda di animaletti inferociti che ci dava la caccia.

Drake accelerò; ora procedeva ad almeno il doppio del limite di velocità—o almeno, così sembrava a me che non mi intendevo di moto.

Sia Merlino che Luna mi affondarono gli artigli nelle gambe durante una curva stretta.

Il signor Fluffikins aveva creato una girandola di magia rosa che, benché appena visibile, lo manteneva saldamente ancorato al veicolo. Avrei voluto che si fosse preso la briga di fare lo stesso per i miei gatti, ma purtroppo non era stato così.

Le mie povere cosce!

Superammo a gran velocità casa mia e io spostai una mano dalla vita di Drake per dargli una strizzatina alla spalla: «Non ci fermiamo qui?»

«Non se ne parla!» gridò lui, la voce a malapena udibile sopra il rombo del motore e l'ululato del vento. «Quei piccoli babbei sembravano determinati a finire il lavoro. Vi porterò il più lontano possibile da qui.» O almeno, mi parve che avesse detto così.

Procedemmo, con soltanto il rombo del motore e del vento sferzante a farci compagnia. Dopo circa venti minuti giungemmo infine a destinazione e ci fermammo davanti a un elegante bungalow ai confini della città.

«Benvenuti *a mi casa*» annunciò Drake parcheggiando la moto nel vialetto di fianco a un improbabile monopattino elettrico.

«Grazie» mormorai senza fiato. Anche se avevo di nuovo i piedi ben saldi a terra, mi sembrava che il mondo mi sfrecciasse ancora davanti agli occhi.

Drake sollevò il casco, rivelando una massa di capelli acconciati con chili di gel, rigidi e appuntiti. «Sono felice di non essermi perso la battaglia. Scoiattoli zombi? Chi avrebbe mai pensato che esistessero davvero? Voglio dire, ci speravo, ma...»

«Aspetta, come fai a sapere che erano zombi?» chiesi, la bocca aperta per lo shock.

Lui si chinò a controllarsi i capelli in uno degli specchietti della moto e *si* fece l'occhiolino: «Oh, lo sai. Mi piace saperne di più su un po' di tutto. Zombi inclusi. E l'espressione vacua dei loro occhi era un indizio mortalmente certo.»

«*Non mortalmente*» mormorai, senza riuscire a evitare che un sorrisetto mi affiorasse alle labbra. Era tipico di Drake dare un tocco di spensieratezza a qualsiasi situazione.

«E comunque, perché vi hanno attaccato?» chiese con sguardo inquisitorio, rivolgendomi tutta la sua attenzione, ora che si era accertato che i suoi capelli fossero a posto.

«Mmm...» Stavo per iniziare a parlare, ma mi fermai subito.

Perché, seriamente, come avrei anche solo potuto iniziare a spiegare? Tempo prima lui aveva visto il fantasma di Virginia e aveva scoperto che i miei gatti erano magici e parlavano, ma gli avevamo dato una pozione per cancellare quei ricordi e coprire le nostre tracce. Tuttavia, nonostante i nostri sforzi, e diversamente da quanto avevamo sperato, Drake si rifiutava di considerare un sogno tutti gli strani eventi di quella notte. Sapeva che c'era sotto qualcosa, quindi dovevo essere cauta.

Ma come avrei mai potuto dare conto di un'orda di scoiattoli dall'intento omicida?

Il signor Fluffikins mi salvò dal dover dare una spiegazione quando saltò giù dalla moto e si avvicinò a Drake: «Che il cielo mi fulmini, se questo non è proprio l'umano che stavo cercando!» disse con un sorrisetto compiaciuto stampato sul muso.

«Che succede, amico gatto?» chiese Drake con una risata, mentre ci conduceva in garage e poi in casa sua.

Fluffikins tenne la coda bassa e con la punta incurvata: «Sono qui affinché lei effettui la registrazione presso il Consiglio sovrannaturale di zona. Sembra che lei abbia creato non poco scompiglio durante i suoi andirivieni notturni.»

Drake si fermò sulla porta e fissò di sbieco l'autoritario gatto nero: «Ti dispiacerebbe ripetere?»

Il signor Fluffikins entrò dopo di lui e saltò sul bancone della cucina, rifiutandosi di smettere di fissarlo negli occhi: «Si è registrato? In caso contrario, la scorterò io immediatamente.»

Io, Luna e Merlino restammo impalati sulla porta a osservare la scena a occhi spalancati. Credo che avessimo capito prima di Drake cosa stava accadendo.

«Perché mai dovrei registrarmi?» chiese lui con una risatina nervosa. «E cosa sarebbe questo Consiglio sovrannaturale? Ok, è una figata, mi ci registro volentieri e tutto, ma io non sono una creatura sovrannaturale.»

Il signor Fluffikins sospirò: «Per favore, non mi dica che non sa nemmeno che cos'è.»

Drake si infilò le mani in tasca e prese a dondolarsi sui talloni: «Sono solo un ragazzo come tanti altri, o quasi, che beneficia di un fondo fiduciario e si tiene occupato.»

Il gatto nero emise una risata secca: «Un ragazzo come tanti altri? Ma nemmeno lontanamente.»

Ora tutti gli occhi erano puntati sul signor Fluffikins. Nessuno fiatava. Eravamo tutti in attesa di vedere se Drake ci sarebbe arrivato da solo.

Che rivelazione! Avevo sempre saputo che Drake aveva qualcosa di particolare, ma questo sembrava davvero incredibile.

Il mio amico scosse il capo e incrociò le braccia sul petto: «Spiacente, non ti seguo.»

Fluffikins scosse il capo a sua volta e sospirò. Quando rialzò lo sguardo, iniziò a parlare con lentezza, come se si rivolgesse a un imbecille.

Se anche ciò l'aveva offeso, Drake non lo diede a vedere.

«Lei è una creatura sovrannaturale e deve registrarsi presso il Consiglio.»

«Ah, davvero?»

Annuimmo tutti.

«E che genere di creatura sarei, signor Micetto?»

«Un vampiro» disse Fluffikins con un soffio. «E non osi mai più chiamarmi a quel modo!»

9

Drake fece un passo indietro appoggiandosi contro il muro: «No» disse, scuotendo il capo. «Non è possibile. Voglio dire, se fossi un vampiro, lo saprei.»

Lanciai uno sguardo a Merlino, che alzò gli occhi al cielo.

Luna se non altro mostrava un po' di compassione, ma non disse nulla.

«Va tutto bene, Drake. Davvero. Sei sempre tu.» Provai a consolarlo accennando un sorriso.

Drake mugugnò e scosse il capo: «No. Non sono un vampiro. Non è possibile.»

Il signor Fluffikins sollevò una zampa ed estrasse un artiglio: «Sembra che debba convincerla, e allora facciamolo. Iniziamo con qualcosa di facile. Le capita mai di sapere qualcosa di cui non dovrebbe essere a conoscenza? Come ricordi di fatti che non sono accaduti davvero?»

Drake annuì in silenzio e Fluffikins estrasse un secondo artiglio.

«E si è mai svegliato in un posto senza riuscire a ricordare come ci è arrivato?» proseguì.

Drake annuì di nuovo.

Fluffikins estrasse un terzo artiglio dalla zampetta pelosa: «Ha un desiderio insaziabile di denaro e conoscenza?»

Drake non disse nulla.

«Ti sei fatto una cultura di base su un po' di tutto» dissi, citando le sue stesse parole. «E hai un fondo fiduciario.»

Il volto di Drake era impallidito del tutto, dandogli un aspetto molto più vampiresco di prima. Non lo avevo mai visto tanto sconvolto, nemmeno quando il fantasma di Virginia aveva cercato di ucciderci. Ora vedevo le sue mani tentare di aggrapparsi al muro, senza riuscire a trovare appigli.

Quando parlò di nuovo, la voce gli uscì acuta e spezzata: «M-m-ma io non bevo sangue. Non farei mai una cosa del genere!»

Il signor Fluffikins rinfoderò gli artigli e appoggiò la zampa sul pavimento piastrellato: «Ho forse detto qualcosa in merito al bere sangue?» chiese con un soffio sommesso. Si voltò verso di me con aria seccata: «Voi umani e le vostre stupide credenze. Avete un concetto dei vampiri obsoleto di centinaia d'anni, grazie al vostro cosiddetto intrattenimento. Centinaia d'anni, ripeto; era allora che bevevano sangue. Sono passati *secoli*.»

«M-m-mi dispiace» mormorai, come se fosse una domanda, più che un'affermazione. Perché se la prendeva con me quando ero l'unica che stava cercando di aiutarlo?!

«Solitamente i vampiri non vengono lasciati a gestirsi da soli. Qualcosa deve essere andato storto quando lei si è trasformato.» Il gatto nero sbatté lentamente le palpebre in attesa della reazione dell'uomo che aveva appena scoperto di essere un vampiro.

«Quindi non sono nato vampiro?» La voce di Drake era ancora acuta come quella di un preadolescente mentre pronunciava in tutta fretta quelle parole. «Mia madre e mio padre non—»

«Cielo, no! Nessuno nasce vampiro. Che idea ridicola!» Ora fu il signor Fluffikins ad alzare gli occhi al cielo. I gatti non sono le più pazienti fra le creature, questo lo avevo imparato presto in qualità di famiglio.

Ma Drake non sapeva niente di tutto ciò. Anche se se l'era cavata bene con le mie vicende magiche, questa situazione era diversa. Aveva appena scoperto di essere un mostro e di aver seminato il caos, seppur involontariamente.

Si lasciò cadere a terra, cullandosi la testa fra le mani. «Sono morto» mormorò. «Sono morto sul serio.»

«Beh, tecnicamente lei è un non-morto» puntualizzò Fluffikins tirando su col naso.

«Proprio come quegli scoiattoli» aggiunse Merlino con una risata.

Luna gli scoccò un'occhiata irritata: «Vacci piano con lui, caro. Non vedi quanto è già sconvolto?»

Anche il signor Fluffikins era scoppiato a ridere, ma riuscì a ricomporsi in fretta: «Se siete suoi amici, com'è possibile che non abbiate capito che tipo di creatura è?» mi chiese.

«Bella domanda» dissi fissando Merlino.

Lui si mise subito sulla difensiva, rizzando il pelo: «Cosa? Non posso sapere tutto di qualsiasi argomento, ok? Avevo capito che aveva qualcosa di strano, ma la maggior parte dei vampiri dichiara con orgoglio il proprio status ai quattro venti. Come facevo io a saperlo, se non lo sapeva neanche lui?»

Beh, non aveva tutti i torti.

«Calmati adesso.» Luna si strusciò contro il fianco di Merlino facendo le fusa, continuando a strofinarglisi addosso finché lui non appiattì il pelo.

«Voi tre riuscite a tornare a casa da qui, vero?» chiese il signor Fluffikins a Merlino; poi si avvicinò a Drake, che singhiozzava piano: «Lei deve venire con me.»

Drake continuò a piangere, senza curarsi di Fluffikins o di chiunque altro. Per quanto mi riguardava, non sapevo di cosa si occupasse esattamente il signor Fluffikins nella quotidianità, ma sapevo che non era abituato a sentirsi dire di no. E sapevo anche che difficilmente avrebbe cambiato atteggiamento proprio ora.

Il gatto nero estrasse gli artigli e tamburellò sul braccio di Drake: «Mi ha sentito, signor vampiro? Ho bisogno che lei—»

«Forse potremmo andarci un po' più piano con lui?» suggerii. «E magari, dato che è già qui, lei potrebbe aiutarci con gli zombi? Prima si è offerto di farlo. Prendiamoci una pausa dai vampiri e occupiamoci degli zombi. Che ne dice?»

Lui scosse lentamente il capo: «Mi sono offerto di aiutarvi *prima* di portare a termine il mio incarico. Come puoi vedere, ho trovato ciò per cui sono venuto fin qui e ora devo portarlo a Beech Grove. Lì ci sono parecchie questioni urgenti che io e questo vampiro dovremo affrontare.»

«Mi stai prendendo in giro?» saltò su Luna. Non era da lei partire all'attacco in quel modo, ma la situazione l'aveva spinta troppo oltre: «Sei il diplomatico dell'intera regione e un'invasione di zombi non ti preoccupa neanche un po'?»

«È evidente che erano qui per voi e voi soltanto, quindi non è una questione prioritaria. Quest'uomo invece...» Fece un cenno in direzione di Drake. «Sta causando problemi in tutte le Peach Plains. Dobbiamo insegnargli a controllarsi, e al più presto, o rischiamo di compromettere il nostro segreto.»

«E quindi? Lascerà che quel farabutto di un creatore di zombi ci uccida?» esplosi, fissandolo con tutta l'ostilità che riuscii a chiamare a raccolta.

«Sapete cosa vi dico?» disse Fluffikins con un sospiro. «Inviate la vostra richiesta in forma scritta. Il Consiglio vi contatterà entro cinque-dieci giorni lavorativi.»

Annuii senza parlare. Era l'unico modo per evitare di mettermi a urlare contro quell'idiota inetto.

Fluffikins tamburellò nuovamente con le unghie su Drake e si schiarì la gola: «Ora intende venire con me o no?»

Drake singhiozzò e gemette ma non disse niente.

«Va bene. Allora dovremo procedere con le cattive» sbottò il signor Fluffikins; e lui e Drake scomparvero in un turbine di scintillante magia rosa.

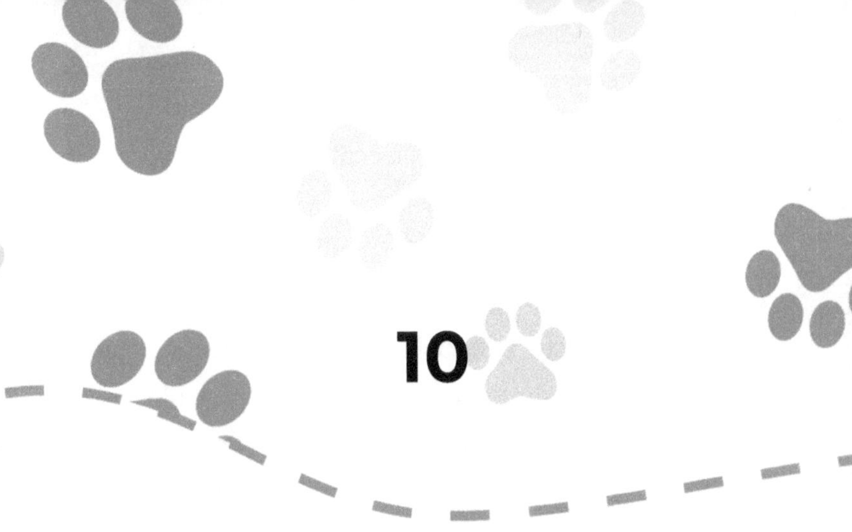

10

Noi tre, che non eravamo stati risucchiati dal lampo di magia del signor Fluffikins, uscimmo dalla casa di Drake a passo di marcia e raggiungemmo il cortile sul retro. Una volta lì, Merlino sbatté le palpebre due volte per riportarci a casa. Era più facile per lui usare il teletrasporto all'aperto anziché in un luogo chiuso che non conosceva bene.

«Beh, è stato del tutto inutile» borbottò il Maine Coon prima di incamminarsi lentamente verso la ciotola dell'acqua per una bevutina veloce.

«Era un buon piano, caro. Davvero» cercò di persuaderlo Luna. «Solo che Drake ci ha salvati prima che il creatore di zombi riuscisse a catturarci.»

«Sono molto arrabbiato con te» disse Merlino a

sua moglie dopo essersi leccato qualche goccia d'acqua dalle labbra.

Lei drizzò la coda, poi la inclinò verso il dorso: «Non devi essere arrabbiato. Sto bene.»

Merlino spostò subito la coda nella stessa posizione: «Ti avevo detto che sarebbe stato pericoloso e che avresti dovuto tirarti indietro, ma ti sei rifiutata di ascoltarmi. E guarda cos'è successo! Ti sarebbe potuto succedere qualcosa di brutto. Sarebbe potuto succedere qualcosa di brutto ai gattini!»

«Non sono un fiorellino fragile e non sono un cucciolo» soffiò Luna, dritta come un fuso, rifiutandosi di cedere.

«Oh, tu credi che—»

«Basta così!» li interruppi. «Qui siamo tutti dalla stessa parte. Se iniziamo a farci la guerra fra di noi, non avremo più nessuna possibilità di cavarcela. Di fatto, non abbiamo idea di cosa stiamo facendo. Non rendiamo la situazione più difficile di quanto non sia già.»

Luna rilassò la postura e abbassò il capo in segno di scusa: «Hai ragione, tesoro. Ovviamente hai ragione tu.»

Anche se tecnicamente Merlino era il mio capo, decisi di prendere il controllo della situazione. Era l'unico modo per riuscire a fare qualche progresso:

«Merlino, so che vuoi solo proteggere la tua famiglia, ma devi lasciare che Luna decida da sola cosa fare. Sai che non metterebbe mai consapevolmente in pericolo se stessa o i gattini. È forte e intelligente, e noi abbiamo bisogno del suo aiuto, se è disposta a offrircelo.»

I gatti non fecero commenti; se non altro, non avevano messo in discussione il mio frettoloso decreto.

Dopo qualche istante di silenzio carico di tensione, decisi di proseguire: «Ok, il nostro primo piano non è andato esattamente come speravamo, quindi credo che sia giunto il momento di idearne un altro. Merlino, so che al momento sei *felis non gratus* a Nocturna, ma ritengo che sia proprio lì che dovremmo andare ora. Voglio dire, il creatore di zombi potrebbe essere Dash e sappiamo che lei è interessata alle nostre ascendenze.»

«Abbiamo già consultato un mago del sangue. Sappiamo esattamente chi siamo e quale legame c'è tra noi.» La posizione di Merlino esprimeva ancora scontento, ma almeno aveva abbassato la coda in una posa meno ostile.

Quando scossi il capo in disaccordo, la sua coda riprese di colpo una piega aggressiva.

Sospirai. Perché tutto doveva ridursi a una lotta di

potere? Volevo solo risolvere il problema degli zombi prima che venissimo attaccati di nuovo. Se fossimo riusciti a evitarlo, sarei stata una donna felice.

Tuttavia, dovevo procedere con cautela: «È evidente che c'è qualcos'altro che ancora non sappiamo. Penso che dovremmo tornare a Nocturna e cercare di scoprire di che si tratta.»

Luna stiracchiò le zampe posteriori mentre mi si avvicinava: «E prima che tu dica altro, vengo anch'io.»

«Nessuna di voi due ci può andare se io mi rifiuto di portarvici» puntualizzò Merlino con un soffio poco convinto. Il pelo gli si era già sgonfiato un po'.

«Allora è un bene che tu non ti sia rifiutato» dissi con un sorriso impudente.

«E cosa mi dite di Tom e i suoi compari?» chiese Merlino. «Probabilmente mi stanno ancora cercando per concludere il duello.»

Era passato più di un mese dal loro litigio, ma sapevo bene che i gatti potevano serbare rancore molto più a lungo. «Non puoi usare la magia per cambiare aspetto?» suggerii stringendomi nelle spalle.

«Sono un mago del cielo, lo sai. Le illusioni sono fuori dalla mia portata.» Sbadigliò e si lasciò cadere teatralmente su un fianco.

«Posso pensare io a farti un nuovo look, vuoi?»

«Non se ne parla neanche.» Merlino balzò in piedi e si avviò lungo il corridoio.

«Dove stai andando?» gli gridai dietro.

«Il portale per Nocturna non si apre fino al tramonto. Vado a fare un pisolino» borbottò.

Luna sbadigliò: «Mi sembra una buona idea» disse. Poi uscì dalla gattaiola per raggiungere il suo posticino preferito nel giardino sul retro.

Rimasi da sola in cucina.

Forse avrei potuto lavorare un po' alla tesi, tanto per combinare almeno qualcosa in quella giornata surreale.

«Vedo che sei ancora viva e vegeta. Una pessima notizia, per me» ronzò Virginia passando attraverso il muro e fermandosi a fluttuarmi davanti.

Eh no. Non avevo intenzione di avere a che fare con lei, se potevo evitarlo.

Afferrai le chiavi e uscii di casa in tutta fretta.

Non avevo idea di dove stessi andando, ma forse avrei potuto godermi qualche ora di pace prima di gettarci a capofitto a risolvere l'enigma degli zombi.

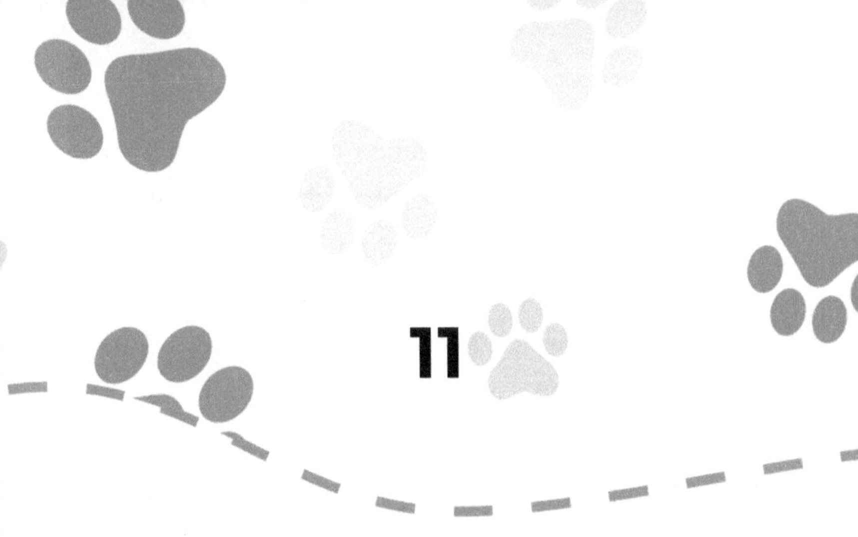

11

L a mia vita non stava procedendo per il verso giusto. Lo dimostrava il fatto che l'unico luogo in cui mi venne in mente di andare a rifugiarmi fu l'Harold's House of Coffee, il locale in cui lavoravo. No, quel giorno non avevo turni. E, sì, probabilmente la mia vita sociale aveva toccato il fondo.

In realtà, da quando mi ero trasferita a Elderberry Heights, non avevo avuto tempo di conoscere gente. Tutta la mia famiglia viveva in Michigan, eccetto nonna Grace che si era trasferita nelle Florida Keys. Avevo perso i contatti con gli amici del college e tutti i miei nuovi vicini avevano una buona quarantina d'anni in più di me.

Tuttavia, negli ultimi due mesi la mia titolare,

Kelley, era diventata una buona amica. Le ero stata accanto quando era morto suo padre e per tutta la durata dell'indagine per omicidio che ne era conseguita, ed ero rimasta al suo fianco mentre progettava di rilanciare l'Harold's House of Coffee servendo latte macchiato con zucca e spezie tutto l'anno.

Inoltre, lei e Drake si frequentavano, perciò era la persona giusta a cui chiedere qualche informazione su di lui e sui trambusti notturni a cui aveva accennato il signor Fluffikins.

Per quel che ne sapevo, Kelley era umana al cento percento. Ma avevo pensato lo stesso di Drake.

Ormai chi poteva dirlo con certezza?

«Ehi, carissima. Cosa ti porto?» canticchiò Kelley quando feci il mio ingresso nel locale.

«Un tè caldo. Grazie.» Non ero mai stata una gran bevitrice di tè, ma negli ultimi tempi non sopportavo più il latte macchiato con zucca e spezie. Il troppo stroppia in questo genere di cose. Era più facile fingere di non avere voglia di caffè che offendere Kelley. Inoltre, se avessi rifiutato la sua prima offerta di una bevanda gratuita, lei sarebbe andata avanti e mi avrebbe servito la nuova miscela di turno che stava testando per deliziare i clienti. Da qui la mia richiesta di un tè caldo, nonostante il clima torrido.

«Com'è andata la giornata?» chiesi, quando mi

passò una tazza di acqua quasi bollente facendola scivolare sul bancone. Scelsi a caso una bustina di tè all'ibisco dall'espositore e la misi in infusione nella tazza.

«Frenetica come sempre» rispose con un bel sorriso.

«Ehi, hai notizie di Drake?» *Delicata come un elefante in una cristalleria, Gracy!* Era un miracolo che fossi riuscita a sopravvivere a tutti i pasticci degli ultimi tempi, considerando quanto, a volte, fossero scarse le mie capacità comunicative. Ma mi giustificava il fatto che, di recente, avevo avuto a che fare per lo più con gatti magici e vari tipi di esseri sovrannaturali.

Kelley scosse il capo: «Non lo sento da questa mattina, quando ci siamo messaggiati per darci il buongiorno. Perché? Qualcosa non va?»

«Oh sì, cioè, voglio dire, no. Va tutto benissimo!» mi affrettai a rassicurarla, mentre versavo un paio di bustine di zucchero nella tazza e afferravo un bastoncino per mescolare. Tenni la bocca sigillata finché non ebbi finito di preparare la mia bevanda. Perché non avevo almeno tentato di ideare un piano mentre mi recavo al locale?

Dopo essermi rimproverata mentalmente ancora una volta, sollevai lo sguardo per incontrare quello di

Kelley e chiesi: «Si comporta in modo un po' strano ultimamente. Non credi?»

«In che senso?» chiese distrattamente, mentre preparava una bevanda ghiacciata per un cliente.

«È difficile da spiegare» azzardai, poiché non volevo svelare nessun segreto, né mio né di Drake. «Solo, sai... strano.»

Kelley inclinò la testa da un lato mentre rifletteva, utilizzando al contempo il miscelatore senza il minimo sforzo: «Beh, Drake è sempre stato diverso dagli altri. È per questo che mi piace così tanto.»

«Hai ragione» dissi, delusa dalla rapidità con cui ero arrivata a un punto morto. «Nulla di ciò che fa dovrebbe sorprenderci.»

«Già, tipo il fatto che si è comprato quel monopattino elettrico così, da un giorno all'altro» disse con una risatina.

«E la moto» aggiunsi con una risata.

Kelley mi lanciò un'occhiata buffa: «Già, indovina quale dei due mi piace di più.» Si strinse nelle spalle, poi versò la bevanda miscelata in un bicchiere alto. «I monopattini elettrici non sono fatti per trasportare due persone, ma questo non gli ha impedito di venirmi a prendere con quel coso quando siamo usciti insieme lo scorso weekend.»

Scoppiammo a ridere, ed era fantastico, una volta

tanto, potermi concentrare su qualcosa di così frivolo. Chiacchierammo ancora per qualche minuto, ma sapevo che non mi sarei dovuta trattenere troppo a lungo, disturbandola mentre lavorava, visto che il locale era sempre pieno e nessuno poteva permettersi di stare con le mani in mano.

«Bene, penso che dovrei—»

«Aspetta un attimo!» mi interruppe Kelley estraendo il telefono dalla tasca del grembiule. Non lo avevo sentito suonare, ma non era per niente strano, dato che lo teneva quasi sempre in modalità silenziosa.

«Oh, è Drake!» annunciò con un sorriso emozionato; ma mentre leggeva la sua espressione si fece accigliata. «Dice che sarà fuori città per qualche giorno e voleva sapere se riesco a trovare qualcuno che lo sostituisca.»

Kelley abbassò il telefono, ma continuò a fissare con sguardo assente il punto in cui l'oggetto si trovava poco prima: «Saremmo dovuti uscire stasera, ma, a quanto pare, è già partito. Non mi ha neanche detto perché.»

«Magari ti vuole fare una sorpresa» dissi, sforzandomi di apparire realmente entusiasta. Ovviamente sapevo la verità sull'improvvisa sparizione di Drake. Se fossi riuscita a sentirlo prima di lei, gli avrei detto di farle un regalo speciale, o avrebbe rischiato di giocarsi la fidanzata. Tuttavia, se lui era davvero un vampiro, forse lei avrebbe fatto meglio a stargli alla larga.

«O sta mentendo» disse Kelley con un gemito.

«No! Non lo farebbe mai!» Mi avvicinai al bancone e le diedi una strizzatina rassicurante al braccio.

«Hai detto che ultimamente si comporta in modo strano. Sai forse qualcosa che io non so?» chiese sollevando un sopracciglio.

«No, no, no. Assolutamente no! Non intendevo niente del genere. Drake è pazzo di te. Non dubitarne neanche per un istante. Ora però devo proprio andare.»

Uscii dal locale il più in fretta possibile, senza mettermi propriamente a correre. Decisamente non fu uno dei miei momenti migliori.

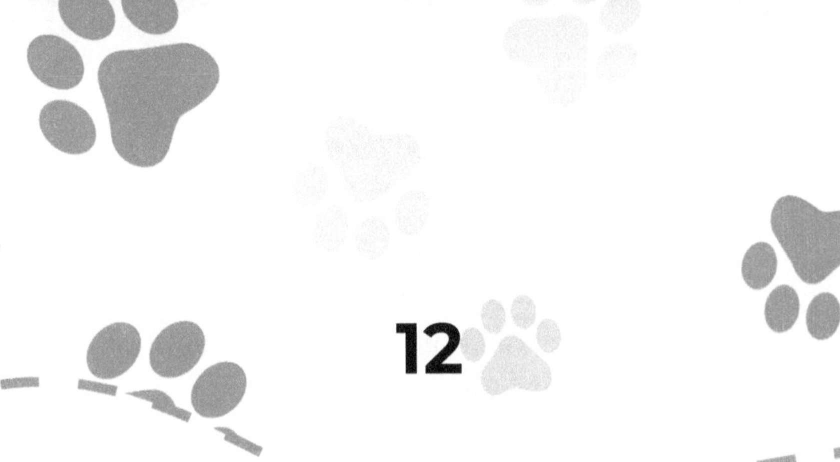

12

Una volta lasciata la caffetteria, guidai per la città per circa un'ora cercando di riordinare i pensieri. Durante le ultime settimane di relativa tranquillità avevo iniziato a fantasticare di tornare alla normalità. Avevo creduto davvero che il pericolo non fosse in attesa dietro ogni angolo, che non avrei dovuto sforzarmi tanto per mantenere il segreto sul mondo magico di cui il mio gatto faceva parte.

Oh, quanto mi ero sbagliata!

Più ci pensavo, più mi disperavo per lo stato in cui versava attualmente la mia vita. Anche finire la tesi che senso aveva, a questo punto? Non sarei mai riuscita a ottenere un lavoro come si deve, non finché avessi dovuto occuparmi delle mie responsabilità di famiglio.

Un tempo mi ero cullata nell'idea di procedere ulteriormente negli studi e prendere un dottorato. La scuola mi piaceva e non mi sarebbe dispiaciuto diventare insegnante. Ma come avrei mai potuto essere una buona docente e dedicare tempo ai miei studenti e colleghi se il segreto del mio gatto avesse sempre avuto la priorità?

Se non altro, ora avevo un capo comprensivo alla caffetteria. Ma non ero riuscita a trovare il tempo o la determinazione necessari a finire la tesi. Cosa mi faceva pensare di poter affrontare una dissertazione di dottorato? O di aggiungere delle lezioni da seguire, a tutto ciò di cui dovevo già occuparmi?

E poi c'era la palese e dolorosa realtà che non avrei mai potuto innamorarmi, sposarmi e avere dei figli, tutte cose che non desideravo ora, ma che, forse, un giorno, avrei voluto fare.

Il mio gatto e le sue necessità di natura magica sarebbero sempre dovuti venire prima. E ciò significava mettere me stessa in secondo piano.

Volevo bene a Merlino e a Luna e sapevo che avrei amato alla follia i loro cuccioli, ma cosa sarebbe accaduto se avessi iniziato a desiderare qualcosa di più?

Sì, probabilmente non avrei dovuto essere così

ossessionata dal futuro, visto che non sapevo nemmeno se saremmo sopravvissuti al problema attuale—o a quello successivo, o a quello dopo ancora.

Mi stavo preoccupando troppo, ma non potevo farne a meno.

E poi non si trattava solo di me. Ero preoccupata anche per Drake. Qualcosa dentro di me si era spezzato nel vederlo lasciarsi cadere a terra e disperarsi a quel modo.

Lo avevo sempre considerato la persona più imperturbabile al mondo, ma anche lui aveva i suoi limiti. Come sarebbe stata la sua vita, ora che aveva scoperto che tipo di creatura era?

Suppongo che avrei dovuto essere grata che i miei problemi fossero così insignificanti rispetto ai suoi. Non soltanto Drake era diventato una creatura sovrannaturale, ma doveva anche affrontare tutto da solo. Io, al contrario, non ero sola perché, insieme al mio ruolo nel mondo magico, era arrivata una famigliola di gatti che mi amava profondamente e che mi avrebbe protetta in qualsiasi situazione.

Fu con quest'ultimo pensiero che feci ritorno a casa, solo per trovare un micetto molto arrabbiato che mi aspettava sul tavolo della cucina: «Oh, guarda chi si è finalmente deciso a farsi vedere!»

ululò Merlino. «La ciotola dell'acqua è vuota da ore!»

«Sono stata via solo un'ora e mezza» dissi scuotendo il capo e sforzandomi di fare dei respiri lenti e profondi per non perdere la calma.

«Frottole!» mi urlò dietro lui.

Mi morsi il labbro mentre mi chinavo a prendere la ciotola metallica. E mi sforzai di ricordare la riflessione a cui ero giunta in auto: quella era la mia vita e i gatti erano la mia nuova famiglia. Li amavo, anche quando mi davano sui nervi. E, ciò nonostante, avevo rinunciato all'opportunità di diventare un'insegnante rispettata per lavorare come domestica per un gatto molto viziato, seppur magico.

Finii di riempire la ciotola e la appoggiai sul tavolo accanto a Merlino.

Lui diede una leccata esitante, starnutì e bisbigliò: «Non è alla temperatura giusta. Che mi combini, Gracy?» dimostrandomi che, per quanta magia potesse aver portato nella mia vita, in fin dei conti Merlino era comunque un gatto come tutti gli altri.

«Vi porgo le mie scuse, Vostra Altezza» dissi con un inchino beffardo.

Merlino frustò l'aria con la coda e per qualche istante strinse gli occhi mentre mi fissava, per poi addolcirsi con un sospiro: «Ok, scusa se sono stato così duro con te. È stata una giornata difficile, ma non devo prendermela con te per questo.»

Wow, delle scuse sincere. Quella giornata sarebbe entrata nella storia come una delle mie preferite di sempre, nonostante i vari attentati alla mia vita da parte di un esercito di creature non morte.

«Intendi per via degli zombi?» chiesi con dolcezza, prendendo la ciotola e portandola al lavandino. Se lui si scusava, io potevo sforzarmi un po' di più di soddisfare le sue necessità.

«Cosa?» Merlino fissava un raggio di sole sull'altro lato della stanza, probabilmente desiderando di starsene sdraiato lì anziché seduto qui a parlare con me. «Gli zombi? Oh, no. Voglio dire, sono sicuramente un problema, ma è Luna a preoccuparmi davvero.»

Posai la ciotola a terra e lui si avvicinò per ispezionarla. Dopo aver decretato che l'acqua era alla temperatura giusta, vi immerse il muso e prese a leccarla di gusto.

«So che vuoi prenderti cura di lei» dissi con delicatezza. Sì, avevo già espresso la mia opinione sulla questione, ma per lui era ancora una notevole fonte di preoccupazione. Inoltre, sentivo di dover prendere le difese di Luna. Questione di *girl power* e via dicendo.

«Oh, non dirmi che devo scusarmi con lei» borbottò Merlino sollevando la testa per qualche istante.

«Beh, non sarebbe una cattiva idea.»

«Ci ho già provato, ma lei non ha accettato le mie scuse.»

Questo era terribile: «Nei sei sicuro?»

«Certo che sì» sbottò. Poi ebbe il buon senso di mostrarsi dispiaciuto per aver perso il controllo: «Scusa, scusa. So che non è colpa tua, ma non me lo sto inventando. Quando ho cercato di scusarmi, Luna ha detto che era troppo stanca per continuare a discutere e mi ha chiesto se potevamo parlarne più tardi.»

«Oh» dissi, non sapendo che altro aggiungere. «Beh, sono certa che andrò tutto bene. Probabilmente vuole solo affrontare un problema alla volta, e gli zombi hanno di sicuro la precedenza.»

«Mmm-mmm» disse Merlino, riprendendo a bere.

Caspita! Speravo proprio che facessero pace prima dell'arrivo dei gattini.

13

uando scese la sera, io e i due gatti marciammo in giardino diretti al calderone di Merlino, alias la vasca per uccelli, che costituiva il suo legame con la comunità magica, inclusa la città di Nocturna.

Dovemmo aspettare che un paio d'auto ci superassero e sparissero alla vista, ma non appena la strada fu deserta, ci dirigemmo rapidi al calderone. Merlino ci saltò sopra facendo schizzare acqua tutt'intorno, poi mi fece cenno di saltare a mia volta.

Era solo la seconda volta che viaggiavo in quel modo. Il cuore mi batteva forte mentre mi tuffavo nella minuscola apertura che conduceva al reame magico, ma se non altro riuscii ad atterrare in piedi. I gatti mi raggiunsero pochi istanti più tardi, e insieme esaminammo l'affollata strada acciottolata della vecchia città. Gli edifici erano in stile bavarese, ed erano progettati affinché ci vivessero gatti, non esseri umani. Ciò conferiva al panorama un aspetto fiabesco che trovavo incantevole.

«Bene, l'idea è stata tua, ora che si fa?» chiese Merlino come per chiedermi aiuto. Sembrava che la nostra chiacchierata in cucina lo avesse reso più conciliante, grazie al cielo.

«Dovremmo consultare il mago del sangue» disse Luna. Non era da lei interrompere, ma mi resi conto che c'era ancora molta tensione fra lei e Merlino. Probabilmente lei voleva solo che quella visita terminasse il più in fretta possibile.

Annuii: «Sì, era quello che stavo per dire anch'io.»

«Allora andiamo.» Luna partì di corsa lungo il vialetto acciottolato, senza lasciarci altra scelta se non seguirla.

Io e Merlino ci scambiammo un'occhiata piena di curiosità per poi avviarci all'inseguimento di Luna. Prima avessimo sbrigato quella faccenda, prima avremmo potuto trovare un modo per risolvere il problema degli zombi una volta per tutte.

Mentre avanzavamo lungo le strade buie di

Nocturna, alcuni gatti ci rivolsero la parola in tono amichevole; ma niente avrebbe fermato Luna, impegnata nella missione di giungere a destinazione il prima possibile.

Svoltato un angolo, un dito del piede mi rimase incastrato in una crepa del sentiero di pietra, facendomi inciampare e cadere in avanti, colpendo il suolo con le mani e le ginocchia.

«Stai bene?» mi chiese Merlino, precipitandosi a esaminarmi i palmi sbucciati.

Emisi un respiro lento e tremante. Faceva male, ma non così tanto da richiedere un aiuto magico. «Sto bene. Faccio solo un po' fatica a vedere dove vado con questo buio» risposi mentre mi rialzavo lentamente in piedi.

«C'è la luna a guidarci» disse Luna alzando il capo verso il cielo.

«Sì, ma io non vedo al buio come voi due» le ricordai. I gatti che vivevano a Nocturna non avevano bisogno di luci artificiali, così alcuni sentieri erano illuminati meglio, altri peggio. In quello in cui avevamo appena svoltato non c'era traccia di lampioni o lanterne.

«Giusto.» Luna si sedette e attese che mi adattassi all'oscurità prima di proseguire.

Eravamo quasi arrivati al vecchio vagone coperto

in cui il siamese flame-point effettuava la lettura del sangue, quando una figura avvolta nelle ombre emerse di colpo da un vicolo e si avventò su Merlino.

«Ah-ah! Sapevo che non avresti potuto nasconderti per sempre» sbuffò un grasso tigrato rosso.

Essendo molto giovane, Merlino stava ancora crescendo. Tuttavia, era pur sempre un Main Coon, ed era raro vedere un gatto più grande di lui. Ciò nonostante, il poderoso assalitore sembrava grosso il doppio.

«Lascialo andare» gridai pestando un piede, mentre Luna osservava la scena da una certa distanza.

«Questo fifone mi deve un duello» decretò il massiccio felino rosso, rivelandomi così la sua identità.

«Sei Tom» dissi, puntandogli contro un dito e scuotendolo, arrabbiata.

Lui ci rivolse un ampio sorriso, mostrando le zanne appuntite: «Perbacco! Come hai fatto a capirlo?»

«Non abbiamo nessuna ragione per lottare» sibilò Merlino, ancora intrappolato sotto l'imponente mole del rivale. «Luna ha fatto la sua scelta, e non ha scelto te.»

«È vero. Diglielo!» gridò Luna, continuando però

a tenersi a distanza. «Ora per cortesia lasciaci andare. Abbiamo altro di cui occuparci.»

Tom la schernì a quella richiesta: «Più importante di *questo*? Non credo proprio. Sono settimane che aspetto di dargli una bella strigliata. Dove sei stato, Merlino?»

«Ho una vita al di fuori di Nocturna. E se la memoria non mi inganna, è proprio questo il problema.» Merlino soffiò, poi girò la testa di lato con una rapida finta.

Tom cadde di lato, dandogli la possibilità di sfuggire alla sua presa. Ora entrambi i gatti erano in piedi con il pelo ritto, uno di fronte all'altro, e soffiavano ferocemente.

«Sei geloso» lo provocò Merlino.

«No, è solo che non mi piace vedere gatti cattivi circondati di cose buone» ribatté Tom. «Ora, ci battiamo qui in mezzo alla strada o cosa?»

«No, no.» Merlino lanciò uno sguardo a Luna, che annuì con fare rassicurante. «Non voglio che nessuno si faccia male. Andiamo nei campi.»

Tom fece un passo indietro, poi si abbassò e si sedette: «Conto di trovarti là» disse senza staccare lo sguardo da Merlino. «Ti do cinque minuti, o vorrà dire che hai rinunciato.»

«Hai la mia parola» replicò Merlino con un lieve cenno del capo.

Tom gli rivolse un sorriso minaccioso, sbatté le palpebre due volte e scomparve nella notte.

14

Luna ci raggiunse in punta di zampe: «Venite. Dobbiamo fare in fretta. C'è ancora tempo per consultare il mago del sangue prima che quel teppista torni.»

Merlino miagolò cupamente e chinò il capo per la vergogna: «So che non vuoi che combatta, cara, ma sai cosa succederà se non mi presento.»

«Cosa accadrebbe?» chiesi, sentendomi del tutto impreparata in merito ai metodi di risoluzione dei conflitti a Nocturna.

«Verrebbe inviato un bollettino a tutti i maghi della zona. Rifiutando di combattere, rinuncerei a tutti gli effetti alla mia magia, e sarebbe loro diritto prelevarla.» Le parole gli uscirono atone, come se avesse già accettato il peggior esito possibile. Non era affatto da lui.

Scossi il capo con enfasi. Avrei creduto in lui a sufficienza per entrambi, se fosse stato necessario: «Non possiamo correre un rischio del genere. Accidenti! Mi dispiace moltissimo, Merlino. Non avrei dovuto costringerti a tornare qui. Hai cercato di avvertirmi.»

Il Maine Coon sollevò una zampa per interrompermi: «No, è tutta colpa mia. Non avrei dovuto incoraggiare Tom. Sapevo che era geloso, e ciò nonostante gli ho sbattuto in faccia la mia felicità con grande soddisfazione.»

«Ma il mago del sangue...» miagolò pateticamente Luna.

«Potremo andare da lui quando tutto questo sarà finito» le dissi. Avevo capito che non voleva che Merlino si battesse, ma avrebbe almeno potuto ammetterlo, anziché fare l'ipocrita e cercare di farci credere di avere altre ragioni per volere che si tirasse indietro.

«Cosa accadrà se perderai?» gli chiesi in tono cupo. Anche se non mi piaceva, dovevamo prendere in considerazione tutti i possibili esiti. Se Merlino avesse perso il duello magico non sarebbe morto, ma avrebbe perso i suoi poteri per sempre... e che ne sarebbe stato di me?

Merlino sospirò: «Scommetto che in quel caso il creatore di zombi non sarebbe più tanto interessato a noi.»

«Beh, sarebbe un modo per risolvere il problema, suppongo.» Mi sforzai di sorridere perché sapevo che aveva bisogno di qualcuno che stesse dalla sua parte, e Luna al momento si comportava in modo stranamente distaccato.

«In realtà, è già una fortuna che Tom non abbia fatto diramare il bollettino la prima volta che sono sparito. Immagino che gli darebbe molta più soddisfazione assestarmi qualche buon colpo che privarmi della mia magia per via di un cavillo legale.»

Annuii lentamente e lanciai un'occhiata a Luna. Ascoltava a occhi sgranati, ma rimase comunque in silenzio, senza dubbio per lasciare la decisione a Merlino. Luna aveva preteso che lui le lasciasse fare le sue scelte su cosa era sicuro e cosa invece troppo rischioso, e ora stava ricambiando il favore.

«C'è qualcosa che possiamo fare per aiutarti a prepararti?» chiesi dopo un breve momento di silenzio.

«Sì.» Si sollevò sulle quattro zampe e si stiracchiò. «Tu devi restarmi il più vicino possibile quando sarò al campo, ma al contempo mantenendoti a distanza di sicurezza per non rischiare di farti male.»

«Come farò a sapere qual è la distanza giusta?» Se fossi stata troppo vicina, sarei stata in pericolo, ma se fossi stata troppo lontana avrei messo in pericolo lui. Non sarebbe stato facile, ma era il minimo che potessi fare.

Merlino strofinò la testa contro le mie gambe: «Non lo so, ma mi fido di te e so che lo capirai. La tua presenza mi darà un vantaggio su Tom. Lui non ha un famiglio, e questo significa che solo io avrò riserve di magia extra, se dovessero servire.»

Oh, giusto!

Forse, dopotutto, potevamo vincere. Poteva dipendere tutto da me. Potevo salvare la magia di Merlino e, se lui avesse sconfitto Tom lealmente, non avrebbe più dovuto temere di fare ritorno a Nocturna.

Finalmente il mio ruolo di famiglio aveva un senso: mi dava un po' di potere—potere che intendevo utilizzare a fin di bene.

Con un po' di fortuna, Merlino si sarebbe aggiudicato una vittoria rapida e indolore, e avremmo ancora avuto tempo di consultare il mago del sangue prima che il sole sorgesse e la città cadesse addormentata.

In caso contrario, avrei dovuto prepararmi a dormire in una città che non era stata costruita per gli esseri umani. E se Merlino avesse perso la sua magia...

«Devo chiederti una cosa» sbottai. Non volevo aumentare la sua ansia per il duello imminente, ma avevo bisogno di sapere.

Merlino si sedette e mi fissò: «Sì?»

«Se perdi la magia, che cosa mi accadrà?» sussurrai docilmente.

«Beh, ricordi cos'è successo a Virginia quando Luna si è separata da lei. Ha reciso il loro legame. Evita di inseguire la magia che si disperde e stai attenta ai pozzi, e andrà tutto bene.» Sorrise poco convinto, e io mi chinai ad accarezzargli la testolina.

«Oh, e c'è un'altra cosa che devi sapere» aggiunse con imbarazzo. «Se perdo, io e Luna potremo andarcene con l'aiuto di un altro mago. Ma tu, Gracy... resteresti bloccata a Nocturna per sempre.»

15

loccata a Nocturna? Ma cosa avrei fatto qui? Come avrei potuto crearmi una vita in un luogo a cui non appartenevo?

«Un altro mago non potrebbe aiutare anche ma a tornare a casa?» squittii.

Merlino mi guardò negli occhi per un istante, poi volse lo sguardo altrove: «È al mio sangue che sei legata. Ed è il nostro legame che ti consente di venire qui. Senza la mia magia, quel legame viene reciso.»

Deglutii il nodo di emozioni che mi si era formato in gola. Ora Merlino aveva bisogno di un'aiutante forte, non di un ulteriore peso. Dovevo mettere da parte la paura di ciò che sarebbe potuto accadere e fare quello che mi aveva chiesto senza dubbi o esitazioni.

Merlino era un mago potente. Lo aveva dimostrato già molte volte.

Poteva vincere il duello.

Avrebbe vinto.

Sì, dovevo solo continuare a credere in lui.

Dopotutto, non mi aveva mai dato motivi per dubitare delle sue capacità.

Battei le mani con più brio di quello che provavo in realtà: «Allora dobbiamo solo accertarci che tu vinca. Andiamo!»

Merlino annuì lentamente, poi sbatté le palpebre due volte e ci teletrasportò tutti e tre in una radura molto lontana dalla città. Le sagome degli edifici erano a malapena visibili all'orizzonte a causa di un tetto di fiamme sospeso sopra di noi, che illuminava il cielo in ogni direzione.

«Ehm, Merlino, che tipo di mago è Tom?» sussurrai, incapace di staccare gli occhi dalle fiamme che minacciavano di abbattersi su di noi da un momento all'altro.

«Un mago dei vulcani» disse a denti stretti mentre si guardava intorno in cerca del rivale.

Seguii il suo sguardo, ma non scorsi nessuno. Tantomeno Tom.

«Oh. Forse ha capito di aver fatto il passo più lungo della gamba e ha deciso di rinunciare?»

suggerii speranzosa; ma Merlino non sembrava convinto.

Sopra di noi, lo strato di fuoco ondeggiava con un mare calmo, e io alzai il volto per osservare lo spettacolo. Mentre le guardavo, le onde iniziarono ad abbattersi rabbiosamente contro una barriera invisibile, per poi riversarsi dai bordi in immensi pennacchi di lava.

Nel terreno ai miei piedi si formarono delle crepe, e io balzai di lato per evitare di essere inghiottita dall'improvviso terremoto.

La piccola crepa crebbe fino a diventare un abisso, correndo in lontananza ed esplodendo verso l'alto, creando infine un trono di terra e roccia.

Le fiamme sopra di noi formarono uno strato compatto e inseguirono la fessura serpeggiante in una danza mortale. Entrambi gli elementi finirono per convergere in un ciclone dalla terribile potenza distruttrice, e Tom saltò giù dal trono, passando attraverso il muro di fuoco.

«Era ora che ti facessi vedere» disse il tigrato rosso con un sorriso minaccioso. «E non è forse proprio da te presentarti all'ultimo istante?»

«E non è forse proprio da te presentarti in un tripudio di gloria?» ribatté Merlino con evidente disprezzo. «In ogni caso, ti ci vorrà ben più di qualche sciocco trucchetto per impressionarmi.»

«Basta chiacchiere. Ti ho in pugno, gatto!» Tom ghignò crudelmente mentre correva a tutta velocità verso Merlino sulle zampe robuste e veloci.

Anch'io mi avvicinai rapidamente al Maine Coon, consapevole che, più fossi stata vicina, più sarebbe stato facile per lui dare una bella lezione a quel gradasso.

Mentre Tom correva verso di noi, delle fiamme si alzavano dietro di lui, dando ancora più velocità al suo corpo massiccio.

Merlino se ne stava immobile, come se fosse totalmente rapito dallo spettacolo che aveva di fronte. E proprio quando ero certa che Tom gli si sarebbe schiantato addosso di testa, Merlino girò in tondo scatenando una tempesta. Un ciclone roboante si formò sopra di lui e partì di slancio in direzione di Tom. Ormai il rivale aveva acquisito così tanta velocità che non riuscì a fermarsi in tempo. Si schiantò dritto nel vortice e venne risucchiato al suo interno, con tanto di fiamme e tutto il resto.

Merlino gridò qualcosa nel vento, ma non riuscii a capire le sue parole a causa del boato ruggente delle raffiche di vento.

Il ciclone vorticava sempre più velocemente, sollevando l'avversario del mio gatto sempre più in alto. Ma Merlino non aveva ancora finito. Scalciò con le zampe posteriori in un gesto che conoscevo bene. Era quello che temevo di più fra i suoi poteri—in fin dei conti, a casa aveva provocato un buco nel tetto.

Merlino scalciava sempre più in fretta e con più forza, ancora e ancora. Le sue zampe erano una macchia sfocata e la polvere si sollevava da terra oscurandomi la visuale.

E poi dal cielo...

CRACK!

Un potente fulmine colpì il ciclone; potrei giurare di aver visto lo scheletro di Tom balenare davanti ai miei occhi, proprio come nei vecchi cartoni animati che guardavo da bambina il sabato mattina.

Merlino barcollò e cadde in avanti. Aveva appena utilizzato i suoi due incantesimi più potenti uno dopo l'altro, e ora ne pagava il prezzo.

Il tornado si dissolse e Tom cadde al suolo.

Nessuno dei due gatti si mosse, se non per trarre ampi respiri affaticati. La magia di Tom scintillava e guizzava intorno al suo corpo.

Merlino non fece nulla.

«Merlino!» gridai. «Devi evocare la pioggia. È un incantesimo semplice. Puoi farcela!»

Il mio gatto sollevò una zampa verso il cielo, ma non riuscì a tenerla alzata abbastanza a lungo da lanciare l'incantesimo.

Corsi verso di lui. Forse un mio tocco avrebbe potuto dargli l'energia necessaria per portare a termine la battaglia. Lo avevo quasi raggiunto quando una spessa colonna di fango si sollevò da terra, impedendomi di procedere.

Sfrecciai di lato, ma un altro pilastro si sollevò a sbarrarmi la strada.

«Merlino!» gridai, sbattendo i pugni contro la gabbia di fango solidificato che ormai mi aveva intrappolata da ogni lato.

No, no, no!

Se non fossi riuscita a raggiungerlo – e in fretta – avrebbe potuto essere la fine per entrambi...

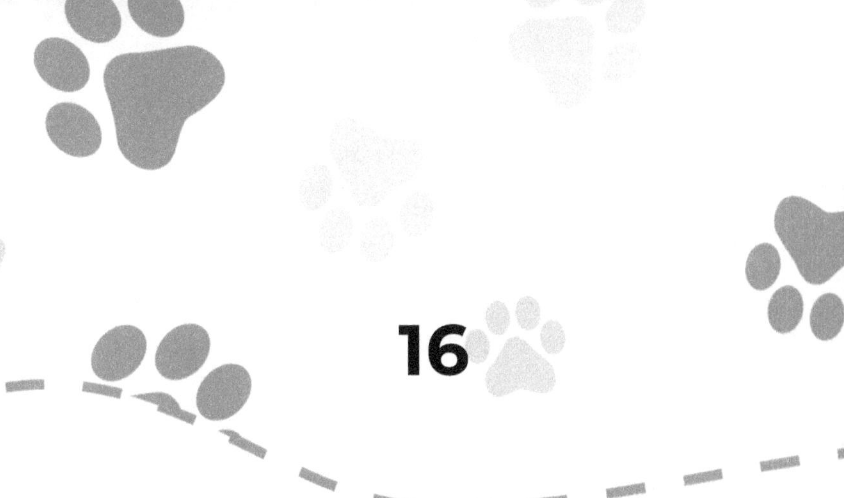

16

on riuscivo a vedere niente, eccetto qualche occasionale lampo di fuoco che illuminava il cielo sopra di me. Gridai e sbattei i pugni contro le mura di fango che torreggiavano su di me, ma non riuscii a liberarmi.

«Arrenditi» ruggì Tom sopra il frastuono.

Smisi di gridare e rimasi in silenzio, in attesa della risposta di Merlino.

«*Ma...i*» riuscì a dire fra gli ansiti.

«La tua magia è mia» gracchiò Tom, dimostrando che anche lui non versava in condizioni migliori. «Ora devo solo venire a prendermela.»

Calò un silenzio terrificante per quella che sembrò un'eternità.

Cosa stava succedendo? Merlino aveva ripreso a

combattere? Tom gli aveva già sottratto la magia? E che ne sarebbe stato di quest'ultima quando fosse fluita via? Si sarebbe riversata nella natura come era accaduto con quella di Luna oppure Tom avrebbe davvero potuto detenere sia la sua magia che quella di Merlino?

«È la tua ultima possibilità» disse Tom con impeto. «Alzati e combatti come un vero gatto o arrenditi subito.»

Qualcosa mi cadde sulla guancia, spaventandomi. Feci un balzo indietro proprio mentre qualcos'altro mi colpiva la spalla.

Pioggia!

Merlino ce l'aveva fatta. Era riuscito a evocare la pioggia. Le gocce erano grandi e fitte e mi sferzavano con forza sempre maggiore.

Poteva ancora farcela!

I gatti soffiavano e ruggivano, continuando a colpirsi a suon di magia. Nel frattempo la pioggia aveva formato una pozza ai miei piedi e in breve il livello dell'acqua si era alzato sempre di più, sempre di più fino ad arrivarmi alle spalle.

Mi tenni a galla, in attesa di riuscire a tirarmi fuori da quella prigione e fare il possibile per aiutare Merlino a vincere il duello.

Quando infine riuscii a sbirciare al di là dell'enorme muro di terra, per un istante vidi Merlino con gli artigli appoggiati sulla gola di Tom, pronto a colpire. Ma non riuscii a mantenere la presa a lungo e ricaddi in acqua.

Mi issai in cima una seconda volta e mi arrampicai sul sottile strato di terra con piedi tremanti. Mi trovavo ad almeno cinque metri da terra, senza la minima idea di come fare a scendere senza rompermi l'osso del collo.

Entrambi i gatti sollevarono la testa e si voltarono verso di me.

Un sorriso malvagio attraversò il muso striato di Tom, mentre scartava a destra con una finta simile a quella che Merlino aveva messo in atto nel vicolo. Si liberò dalla presa del mio gatto, evocò un'immensa palla di fuoco e me la scagliò contro. Saltai a terra, incurante delle possibili conseguenze della caduta.

L'importante era non morire.

Un istante prima dell'impatto, una delicata folata di vento mi avvolse e mi portò lentamente giù. Merlino mi aveva salvato la vita, letteralmente.

Purtroppo Tom aveva contato sul fatto che Merlino si sarebbe distratto per venire in mio soccorso, e ora era lui a trovarsi sopra al mio gatto, in posizione di vantaggio.

L'enorme tigrato rosso incombeva sul Maine

Coon, mulinando le zampe per colpirlo sul muso, sul petto e ovunque riuscisse ad arrivare, attaccando la fonte stessa della sua magia.

«Oh Merlino, pensavi di poter vincere?» lo schernì colpendolo e sbalzandolo via.

Era tutta colpa mia. Se solo fossi stata ferma...

Soffocai un singhiozzo, ma mi imposi di non emettere nemmeno un suono. Gli avevo già causato fin troppi guai. Se non altro, sarebbe sopravvissuto. Avrebbe avuto ancora la sua famiglia, Luna, i gattini...

La pelliccia bianca di Luna attirò la mia attenzione: la vidi attraversare il campo a grandi passi, avvicinandosi ai due contendenti. Non aveva più poteri magici, cosa pensava di fare?

La risposta arrivò poco dopo, quando si avvicinò lentamente alle spalle di Tom affondandogli gli artigli e i denti nel collo.

Tom cercò di ribellarsi, ma la presa della gatta era salda, forte all'inverosimile. Non gli stava solo sottraendo la magia, compresi quando il corpo di Tom cadde a terra, inerte. Gli aveva anche tolto la vita. Luna lo aveva ucciso.

Aveva posto fine al duello infrangendo ogni regola esistente.

«Luna» gridai in lacrime, precipitandomi verso i gatti. «Che cosa hai fatto?»

«Merlino stava perdendo» disse facendo spallucce.

«Ma lo hai ucciso!» ribattei, mentre le lacrime mi scorrevano lungo le guance. Era accaduto tutto così in fretta che faticavo a elaborare la situazione. «Perché lo hai fatto?» sbottai.

«Merlino ha bisogno dei suoi poteri» disse freddamente lei; poi si voltò verso di me ad artigli sguainati. Spiccò un balzo, gli occhi rossi di rabbia.

Feci un passo indietro, ma non fu sufficiente per sfuggire al suo attacco.

Luna mi piombò addosso e tutto divenne nero.

17

La prima cosa di cui fui consapevole quando ripresi conoscenza fu che mi trovavo in un luogo che non avevo mai visto.

In piedi.

Incatenata a un masso.

In cima a una montagna.

Oh, cielo...

Lottai per liberarmi dalle catene, ma senza il minimo risultato.

Merlino! Cosa ne era stato di lui?

Strinsi gli occhi per cercare di mettere a fuoco nell'oscurità, e mi guardai intorno; infine scorsi una piccola gabbia di metallo, non molto diversa da quelle che gli umani utilizzerebbero per intrappolare una

puzzola o un procione che si sono avventurati un po'
troppo vicino all'abitato.

Merlino giaceva all'interno, privo di sensi.

«Merlino! Svegliati!» gridai sottovoce. Anche se lì
non vedevo nessun altro, colui o colei che ci aveva
catturati poteva trovarsi nelle vicinanze. Dovevamo
trovare un modo per fuggire prima che fosse troppo
tardi.

«Come siamo finiti qui?» gli chiesi; ma lui non si
svegliò. Fu allora che ricordai.

Luna.

Aveva ucciso Tom, poi mi si era rivoltata contro.
Ma per quale motivo?

Merlino gemette nel sonno, ma non reagì alle mie
richiese di aiuto. Almeno sapevo che era vivo, anche
se non avrebbe potuto aiutarmi a ideare un piano di
fuga, almeno a breve termine.

Ripresi a lottare per liberarmi dalle catene, sbuf-
fando e contorcendomi fino a rimanere senza fiato.

«Arrenditi» ordinò una voce profonda e inquietante, fin troppo vicina. «Non hai nessuna possibilità
di vincere.»

Mi guardai intorno, ma non riuscii a vedere
nessuno.

«Chi sei? E perché ci hai portati qui?» gridai
nell'oscurità.

«Belle pretese per una che non ha più speranze» disse la voce con una risata crudele. Beh, almeno trovava divertenti le mie domande. Io, invece, non avevo nessuna voglia di ridere. Non riuscivo a riconoscere quella voce. Era allo stesso tempo familiare ed estranea.

Strinsi gli occhi in cerca dell'origine di quel suono e finalmente individuai un gatto nero appollaiato proprio sul bordo della vetta.

Accanto al felino, un calderone prese vita, rilucendo di un inquietante verde-melma.

«Signor Fluffikins?» chiesi, cauta. Ma non aveva fatto ritorno alla sua città con Drake al seguito? E non doveva essere uno dei buoni?

Il felino si voltò verso di me, illuminato dalla luce del calderone. «Ora mi riconosci?»

Il suo petto era completamente nero, gli occhi sfolgoravano di un verde brillante. Il signor Fluffikins aveva una macchia bianca sul petto e occhi dorati. Non si trattava di lui.

Ma quali altri gatti neri conosce—? *Oh.*

«Dash» dissi a denti stretti.

«Ce ne hai messo di tempo.» La pericolosa maga dell'illusione mi rivolse un sorriso falso, come se fosse tutto solo un gioco. «Ma te lo concedo, credo che tu mi conosca meglio in questa forma.»

Uno sbuffo di magia mi oscurò la visuale. Quando si dissolse, un'arcigna agente di polizia mi scoccò un'occhiataccia. Era così che avevo conosciuto Dash: nei panni di una poliziotta che indagava sulla morte del mio capo, Harold. Ovviamente si era trattato di una trappola. Essendo una maga dell'illusione, Dash poteva assumere qualsiasi forma desiderasse.

Avevo sempre pensato a Dash come a una femmina, avendola conosciuta sotto le mentite spoglie di una poliziotta. Ma ora ero quasi certa che il felino nero fosse un maschio. Un momento: perché perdevo tempo a cercare di capire quale pronome utilizzare per un gatto che quasi sicuramente intendeva uccidermi?

Pensa, Gracy. Pensa!

«Dov'è Luna?» chiesi, sudando freddo.

Un'altra nube di magia riempì la mia visuale; ne uscì una gatta bianca dagli scintillanti occhi azzurri.

«Sono proprio qui, cara» disse Dash con la voce di Luna.

Avrei dovuto saperlo. Luna non ci avrebbe mai traditi. Si era trattato di Dash per tutto il tempo—o per lo meno da quando eravamo giunti a Nocturna.

Tentai di balzare in avanti, ma le catene mi trattennero saldamente al mio posto. «Che cosa le hai fatto?»

Dash tornò alla sua forma felina, quella di dimesso gatto nero. «Non vedo che importanza possa avere. Non vi rivedrete mai più.»

«Dimmi dov'è!» gridai, lottando per liberarmi con rinnovato fervore.

«Calmati. Goditi le tue ultime ore di vita. Se può esserti di consolazione, posso assicurarti che la gatta bianca sta bene. Tu, invece? Beh, tu morirai.» Dash scoppiò in una risata caustica. Non avevo mai desiderato tanto schiaffeggiare un animale, nemmeno gli scoiattoli zombi che avevano cercato in tutti i modi di uccidermi quella mattina.

Dash alzò lo sguardo in silenzio e osservò per qualche istante il cielo notturno trapuntato di stelle, poi disse: «Sareste potuti sopravvivere tutti, sai? Il mio piano era semplice. Andare a Nocturna dal mago del sangue e prelevare detto sangue, e nessuno di voi se ne sarebbe mai accorto. Avrei potuto portare a termine il piano senza vittime. Ma ora, per colpa vostra, molti moriranno.»

Deglutii, incerta su come avrei potuto uscirne viva questa volta, soprattutto senza l'aiuto di Merlino.

Ora come ora mi serviva un miracolo.

18

«Lasciami andare» pretesi, rifiutandomi di morire senza fare obiezioni—o di morire in generale, se possibile. «Nessuno deve farsi male. Possiamo porre fine ora a tutto questo.»

«E perché mai dovrei farlo?» chiese Dash tornando verso il calderone scintillante ed esaminandone il contenuto.

«Perché, in fondo, sei buono» azzardai.

Dash rise amaramente: «Qualcuno qui guarda troppi film a lieto fine. Perché posso assicurarti che sono malvagio fino al midollo.»

Le note di una vecchia canzone mi risuonarono in mente a quelle parole, e maledissi il gatto nero per aver aggiunto un tormentone orecchiabile al già lungo elenco dei miei problemi. Scossi il capo per schiarire la mente e concentrarmi. Ora c'era una sola cosa che contava: fuggire.

«Perché lo fai?» chiesi. «Cosa ci guadagni?»

Dash puntò su di me gli occhi verdi dall'espressione dura: «Oh, è molto semplice. Quando ho scoperto chi siete tu e Merlino, qual è il legame che vi unisce, ho capito di aver finalmente trovato quello che cercavo da secoli.»

«Secoli? Nessuno vive tanto a lungo.»

«Anche questa volta ti sbagli. Ho quasi mille anni.»

Sussultai. Questo proprio non me l'aspettavo: «Ma com'è possibile?»

Dash sorrise, mettendo in mostra zanne bianche e affilate: «Tu non sei altro che una discendente, l'ultimo rampollo della *tua* stirpe. Io, invece, sono l'unico e originale.»

«Sei Merlino l'impostore!» dissi, sapendo già che era la verità. Era l'unica spiegazione sensata, considerando quanto lei – beh, lui a questo punto – fosse interessato al mio lignaggio e a quello del mio gatto. «Credevo che fossi morto.»

Con uno sbuffo di magia il piccolo gatto nero si trasformò in uno uomo vecchissimo, la cui barba bianca arrivava fino alle caviglie: «Lo credevano tutti. Per mia fortuna, la magia dell'illusione mi ha consentito di restare nascosto finché non ho trovato ciò che mi serviva.»

«Eri il primo famiglio. Avevi giurato lealtà al vero Merlino!» sbottati, disgustata.

Dash non sembrò scomporsi: «Sì, beh, perché essere il servo quando puoi essere il padrone?»

Era una cosa orribile: gli unici altri famigli che avevo conosciuto si erano convertiti al male per la brama di potere. Se fossi sopravvissuta, sarebbe accaduto anche a me?

Ripensai all'ultima volta in cui avevamo affrontato Dash. Se fossi riuscita a farlo continuare a parlare, avrei guadagnato tempo. Io e Merlino potevamo ancora cavarcela.

«Perché ci hai fatto attaccare da quegli zombi?» Questa parte ancora non aveva senso.

«Oh, semplice. Davvero non ci sei ancora arrivata? Avevo bisogno che tornaste a Nocturna. Per fortuna siete terribilmente prevedibili. Siete venuti qui appena sei riuscita a convincere il tuo padrone ad accettare, non è vero?»

«Io e Merlino siamo ben più che servo e padrone» lo corressi, lanciando un'occhiata al mio alleato, ancora privo di sensi nella gabbia. *Ti prego, ti prego, svegliati!*

«Credi che cambi qualcosa, dal momento che entrambi morirete all'alba?»

«Perché vuoi ucciderci?»

«Perché no? In ogni caso, so cosa stai cercando di fare: vuoi che continui a parlare in modo da rimandare il momento in cui porterò a termine il mio piano malvagio. Ma non ha importanza. Tutto va effettuato in un momento ben specifico, e ti ho già detto di quale si tratta.»

«All'alba» dissi, con le labbra secche. «E perfino tu lo hai definito un piano *malvagio*. Questo non ti fa riflettere?»

«Il bene, il male» borbottò Dash. «Sono più simili di quanto tu creda. La percezione di entrambi cambia con il passare del tempo. Tu puoi anche considerarmi malvagio, ma le generazioni future mi vedranno come una divinità.»

«Sei un mostro!» sbottai, cosa che mi richiese un certo sforzo per quanto avevo la bocca secca.

«La tua opinione è irrilevante. Non sei niente più che una nota a piè di pagina nella storia leggendaria della mia gloria. Con il vostro legame di sangue e il perfetto allineamento delle stelle, riforgerò la potente Excalibur e la userò per prendere il potere una volta per tutte sia sul mondo magico che su quello umano.»

«Sei un pazzo» dissi.

«Prova tu ad aspettare quasi mille anni per vendicarti, poi vedremo quanto ci proverai gusto.»

«Vendicarti? E di chi?»

«Merlino mi aveva promesso di esaudire il mio più grande desiderio come ringraziamento per aver accettato il ruolo di suo famiglio. Ma quello che desideravo non gli piaceva, così cercò di sottrarmi con l'inganno quel che era mio di diritto.»

«Gli hai chiesto di diventare potente quanto lui» gridai. Sapevo che nella sua mente la cosa aveva perfettamente senso, ma di certo non sembrava giusto a me. «I famigli possono solo contenere la magia in modo che il mago possa utilizzarla.»

«Ora è così!» esplose Dash/Merlino/comediavolo-si-chiamava. «Secondo te, perché esistono queste regole? Eh?»

«Lui ti ha maledetto. Come hai fatto a sopravvivere?»

«Non mi ha maledetto: mi ha costretto a nascondermi. Ormai mi aveva concesso la magia e non gli era più possibile riprendersela. Non senza questa.» Infilò le mani nel calderone e ne estrasse una spada scintillante.

«Quella è—?» Mi mancò il fiato.

«Excalibur. Sì. Finalmente tornerà in vita. Quasi

mille anni or sono, il tuo antenato Artù la estrasse da una roccia, dichiarando che si trattava dell'arma più potente mai esistita. Ma non è per questo che Excalibur era stata creata, non era questo il suo scopo originario.»

Strizzai gli occhi. Niente di ciò che quell'uomo mi stava dicendo corrispondeva a quanto sapevo della leggenda: «Scusa, puoi ripetere?»

«Merlino l'aveva realizzata per me. Non perché—»

«Sono spiacente, ma sono molto confusa. Ci sono ben tre Merlino adesso e sta diventando complicato capire di quale stai parlando.»

Il mago oscuro mugugnò: «E va bene. È stato il mago Merlino originario a realizzare quest'arma; ma non per togliere la vita, bensì per togliere la magia.»

«L'ha creata per utilizzarla su di te.»

«Sì, ma io ero già riuscito a fuggire. Lui era così frustrato che la conficcò in quella famosa roccia. E, dopo averlo fatto, non poteva più estrarla di persona da lì.»

«O avrebbe perso la sua magia» conclusi.

Dash fece un ampio sorriso: «Esattamente.»

«Quindi, Artù...?»

«Era un mezzo per raggiungere un fine. Avendo estratto la spada dalla roccia, non avrebbe mai potuto esercitare di persona la magia, neanche se avesse voluto. E questo lo rendeva un servitore perfetto... Oh, guarda chi ha deciso finalmente di unirsi a noi.»

Il mio sguardò volò alla gabbia dove l'ultimo Merlino – il mio Merlino – iniziava a riprendere i sensi.

19

Merlino si tirò su e tentò di mettersi in piedi, ma sbatté la schiena contro la parte superiore della gabbia e fu costretto ad accucciarsi. Scosse il capo, poi si guardò intorno.

«Gracy» gridò quando mi vide.

«Merlino, va tutto bene» risposi, il sollievo che mi inondava il petto. Con il suo aiuto avevamo ancora una possibilità. «Ce la caveremo.»

«Non hai ascoltato nulla di quello che ho detto?» chiese Dash piombandomi addosso con impeto.

«Sì, ti ho sentito. Ma hai perso già una volta, e scommetto che perderai di nuovo.»

«Oh, una scommessa? E cosa c'è in palio? Ah, sì.

Le vostre vite.» Il vecchio mago rise, deliziato dalla propria battuta.

«Chi è quel tizio?» chiese Merlino; le parole gli uscirono di bocca strascicate. La carenza di magia lo rendeva ancora debole. Eravamo decisamente in svantaggio.

Sospirai: «È una lunga storia, ma per farla breve è Dash, che, a quanto pare, è anche Merlino, l'impostore originale. Ci ucciderà per riforgiare Excalibur, o qualcosa del genere.»

Dash si voltò verso di me, lanciandomi un'occhiata al vetriolo: «Ehi, abbi un po' di rispetto! Ho lavorato duramente per realizzare questo piano. E hai tralasciato tutte le parti migliori.»

Feci spallucce, lieta di averlo irritato. Per il momento era l'unico modo che avevo per contrattaccare: «Se vuoi la mia opinione, è un piano contorto e intricato. È il meglio che sei riuscito a inventarti, avendo avuto mille anni per pensarci?»

«È perfetto!» gridò, sputacchiando nella mia direzione. «Certo, quel ridicolo duello ha complicato un po' le cose, ma il risultato sarà lo stesso. Secoli fa, tra i nostri antenati si creò un legame eterno, quando Artù estrasse Excalibur dalla roccia. La spada venne forgiata dal mago felino per derubarmi della mia magia, ma fu Artù il primo a soccombere alla sua maledizione, e a tal guisa noi tre e le nostre stirpi siamo legati per l'eternità.»

Abbozzai un sorriso: «A tal guisa, eh?»

«Basta così!» L'urlo di Dash riecheggiò in lontananza, mostrando quanto fossimo isolati sulla cima di quella montagna.

«Penso di aver sentito abbastanza» borbottò Merlino, costretto a restare accovacciato a causa delle dimensioni piuttosto ridotte della gabbia. «Tu sei l'impostore, ma io sono il vero erede. L'ultimo discendente della più potente stirpe magica mai esistita sulla Terra. Il che significa che posso batterti, truffatore.»

Il poco spazio a disposizione nella gabbia non impedì a Merlino di scalciare leggermente con le zampe posteriori, nel tipico gesto che utilizzava per evocare i fulmini.

All'esterno della gabbia non accadde niente.

Ma all'interno, il Maine Coon emise un terribile sussulto tremante e cadde bocconi.

Dash rise con crudeltà: «Pensavi che non avrei reso quel posto a prova di fulmine? È una gabbia magica. Qualsiasi incantesimo proverai a lanciare, non farà altro che alimentarla e renderla più forte. Non c'è modo di uscirne.»

Merlino ansimava mentre si alzava e si gettava contro un lato della gabbia.

Non funzionò, con sommo piacere di Dash.

Ma io mi rifiutavo di accettare la sconfitta

La magia non poteva liberarci e io, in ogni caso, non avrei mai potuto utilizzarla. Quello che ci serviva era una soluzione *non* magica. E io l'avrei trovata.

Dash rimise Excalibur nel calderone e continuò a preparare la pozione, anche se non avevo idea di che cosa stesse facendo. Sentii le palpebre farsi pesanti mentre lo guardavo.

No! Se mi fossi addormentata, sarebbe stata la fine.

«Non ci hai detto cosa intendi fare dopo che avrai riforgiato la spada. A parte ucciderci, intendo.»

Dash mi ignorò.

«Ehiiiiii!» gridai. «Terra chiama Dash, o Merlino, o chiunque tu sia!»

Il mago barbuto si voltò a fronteggiarmi: «Sono molte persone in una. Sono tutte loro e nessuna di esse.»

«O-ok. Allora, che mi dici del resto del piano? Non vuoi raccontarmelo?»

«E perché? Sarai comunque morta.» Un sorrisino gli balenò sulle labbra. Ero lieta che il pensiero della mia dipartita potesse donare un po' di gioia al suo minuscolo cuore oscuro, ma di certo non intendevo essere io a morire quel giorno. E tuttavia, dovevo fare leva sulla sua vanità perché continuasse a parlare.

«È vero, ma sono lo stesso curiosa» dissi.

«Beh, è ancora un po' presto, ma non vedo perché non dovremmo iniziare a prepararci.» Dash tornò al calderone ed estrasse nuovamente la spada. La portò fino a me, fermandosi pochi centimetri al di fuori dalla mia portata. Poi riprese la sua forma felina.

Era la mia occasione per lottare.

Scalciai, ma lo mancai clamorosamente.

Lui mi ignorò, sollevò una zampa ed estrasse gli artigli, poi se li passò sul petto con un sussulto di dolore. Il sangue gocciolò a terra, cadendo sulla spada.

«Con il sangue delle nostre tre stirpi riforgerò Excalibur e la userò per chiudere una volta per tutte il portale tra Nocturna e il mondo umano, in modo che nessuno possa più opporsi a me. E a quel punto regnerò come un dio, il più potente – l'unico – essere magico rimasto nel mondo dei mortali. Contenta?»

Dash balzò in cima al masso a cui ero incatenata e da lì mi saltò sul petto, fissandomi negli occhi.

«Ora tocca a te dare il tuo contributo. Mi prenderò un po' del tuo sangue.»

«Non lo farai, dannazione!» Mi contorsi come una furia, ma neanche questa volta riuscii a liberarmi.

Dash sollevò una zampa e mi colpì il volto. Strinsi forte gli occhi al momento dell'impatto e quando li riaprii mi ritrovai in un luogo completamente diverso.

20

issavo il registratore di cassa. Sul display lampeggiava la scritta *4,15 $*, il prezzo del nostro latte macchiato classico con zucca e spezie, più tasse. Nella mano stringevo una banconota da cinque dollari.

Sollevai lo sguardo e vidi un cliente in attesa, una mano protesa verso di me mentre con l'altra scorreva qualcosa sul cellulare.

Giusto. Dovevo essere rimasta imbambolata per qualche istante.

Presi il resto e glielo porsi. «La sua ordinazione sarà pronta fra poco» dissi con il mio miglior sorriso; poi raggiunsi Kelley, che aveva già avviato la macchina per l'espresso e iniziato a preparare la bevanda.

Una spessa nebbia mi ottenebrava la mente. Non mi sentivo così dalla volta in cui avevo stupidamente tentato di buttar giù ventuno shottini per il mio ventunesimo compleanno. Ero arrivata solo a sette, poi avevo vomitato addosso al ragazzo con cui ero uscita e avevo detto addio per sempre all'alcool a scopo ricreativo.

Non ricordavo, però, di aver bevuto la sera prima. In realtà, non mi ricordavo niente della sera prima... o di quella mattina, del resto. Mi ero svegliata ed ero qui al lavoro.

Oh. A quanto pareva potevo svolgere il mio lavoro anche a occhi chiusi. Avrei potuto provare anche con una mano legata dietro la schiena.

«Salve! Come va?» mi chiese la cliente successiva con un ampio sorriso.

Sorrisi a mia volta e tornai alla cassa. Mi piacevano i clienti simpatici. Sempre più spesso, gli avventori mi trattavano come un fastidio, come se fossi una scomoda seccatura che li distraeva dal telefonino, anche se erano stati loro a decidere di venire alla caffetteria.

Quindi mi sforzai di rispondere nel modo più garbato possibile a quella cliente gentile, anche se non riuscivo a ricordare nulla. «Bene, grazie. È una bella giornata» Ma non andai oltre, perché nessun cliente, per quanto amichevole, vuole stare a sentire le farneticazioni di una barista fuori di testa.

Perché stavo impazzendo, giusto?

O perdendo la testa.

La memoria, nello specifico.

Presi l'ordinazione della signora e le diedi il resto. Non appena se ne fu andata, un altro cliente entrò e prese il suo posto.

Poi un altro.

E un altro ancora.

Non avevo neanche un secondo libero tra un ordine e l'altro. Ok, il locale era sempre abbastanza frequentato, ma quella situazione era assurda. Inoltre, non riconobbi nessuna delle persone che entravano, mentre di solito avevamo un buon afflusso di clienti abituali.

«Kelley?» chiesi, allontanandomi dalla cassa e dal nuovo cliente in attesa.

«Mmm?» chiese lei continuando ad armeggiare con la macchina dell'espresso.

«Ti sembra che oggi ci sia qualcosa di strano?» azzardai, spostando il peso di lato.

Lei continuò a lavorare senza nemmeno rivolgermi uno sguardo, ma se non altro rispose: «Strano in che senso?»

Mi strinsi nelle spalle, desiderando di riuscire a spiegarglielo.

Lei rise: «Sembra che qualcuno abbia bevuto qualche birra di troppo, ieri sera.»

Le afferrai il braccio, ma lei continuò a evitare il mio sguardo: «Non bevo, Kelley. E tu lo sai.»

«Devo essermene dimenticata» disse freddamente. «Ora torna alla cassa. C'è la coda.»

Obbedii, anche se ora mi sentivo peggio di prima. Kelley aveva sempre tempo per fare due chiacchiere, a prescindere da quanto fossimo indaffarati. Per lei era importante mantenere motivato il personale. E io, oltretutto, ero una delle sue migliori amiche. Se mi fossi rivolta a lei perché qualcosa non andava, avrebbe lasciato perdere tutto pur di aiutarmi.

«Benvenuto da *Harold's*. Arrivo subito» dissi al primo cliente della fila; poi feci marcia indietro e tornai da Kelley, per testare una teoria che mi era appena venuta in mente.

«Credi che Drake ti tradisca?» le chiesi. Lo ammetto, era un passo azzardato. L'ultima volta che ne avevamo parlato era molto preoccupata che l'improvvisa partenza di Drake significasse che lui aveva un'altra.

Non volevo riaccendere in lei il dubbio, ma avevo bisogno di vederla reagire. Avrebbe alleviato le mie preoccupazioni, l'opprimente sensazione che ci fosse qualcosa che non andava.

«Lui non mi tradirebbe mai» disse lei con un sorriso sognante. «Siamo troppo felici insieme perché lui possa rovinare tutto a quel modo.»

Ok, era proprio come temevo.

Dove mi trovavo e chi era la persona che avevo di fronte? Perché di certo quella non era la Kelley Carmine che conoscevo e a cui volevo bene.

«Scusa, ma devo andare» le dissi, togliendomi il grembiule e lasciandolo cadere a terra.

«Non puoi andartene via così, a metà turno!» gridò lei.

«Sta' a vedere» risposi, aggirando di corsa il bancone e precipitandomi verso la porta.

21

Prima che riuscissi a raggiungere l'uscita, una mano forte mi afferrò il braccio.

Drake.

«Ehi. Dove te ne vai così di fretta?» chiese con il suo solito atteggiamento imperturbabile, in netto contrasto con il ragazzo disperato e singhiozzante dell'ultima volta che lo avevo visto.

«Qui c'è qualcosa che non va» lo informai a bassa voce per evitare che la massa brulicante di clienti potesse sentirmi. «Devo andare.»

«È strano, vero?» fu la sua risposta. «Un secondo fa ero in giro con Fluffikins e la gang di Beech Grove e ora, di colpo, mi ritrovo qui al lavoro.»

Ci misi qualche istante a elaborare la cosa: «Quindi eri da un'altra parte e all'improvviso ti sei ritrovato qui? Forse è successa la stessa cosa anche a me.» Mi spremetti le meningi cercando di ricordare, ma ne ricavai solo ulteriore frustrazione.

Drake si dondolava sui talloni: «Sì, è probabile, considerando che questa è solo un'illusione.»

«Che cosa?» quella parola mi sembrava familiare, ma per quale motivo?

«Un'illusione» ripeté lentamente Drake. «Tipo, una cosa finta. Irreale.»

«Un'illusione» dissi ad alta voce, assaporando quella parola, riflettendoci su.

E finalmente mi fu tutto chiaro.

Dash!

Era stato lui. Le illusioni erano la sua specialità e aveva avuto quasi mille anni per allenarsi. Aveva catturato me e Merlino e ci aveva portati sulla cima di una montagna. Voleva usare il nostro sangue per fare qualcosa di terribile. Aveva già preso il mio, ma non sapevo se avesse già prelevato anche quello di Merlino.

Dovevo tornare indietro: forse ero ancora in tempo.

«Merlino è in pericolo» dissi a Drake, mentre la paura mi attanagliava il cuore. «Devo andare da lui.»

«Ok» disse facendo spallucce. «Allora ci si vede dopo.»

Lasciò andare il mio braccio e io uscii dalla porta nel sole accecante.

No, era tutto bianco. Quando la luce svanì, mi resi conto di trovarmi di nuovo alla cassa a fissare la scritta *4,15 $*. Cercando di andarmene, avevo fatto ripartire da capo l'illusione.

Corsi da Drake, che sembrava essere l'unico sano di mente in quel luogo.

«È stato parecchio bizzarro» mi confidò.

«Come mai tu sei te stesso mentre tutti gli altri non lo sono?» chiesi, avvicinandomi e sussurrando.

«È una domanda piuttosto strana» disse lui sgranando gli occhi, come se il mio quesito l'avesse disorientato.

«Dico sul serio. Kelley non è più lei. Si comporta in modo strano, mentre tu sei lo stesso di sempre. Perché?»

Drake inclinò il capo come se ci stesse riflettendo su: «Ora che ci penso, io non sono davvero me stesso.»

Mi morsi il labbro, non sapendo cosa rispondere.

Per fortuna lui proseguì: «È come se la mia mente fosse qui, ma il mio corpo no.»

«Drake, io ti sto guardando. Sei qui. Il tuo corpo è qui.»

Lui scosse il capo: «No, non credo. Sta a vedere.»

Lo fissai, ma non accadde niente, se non che lui rimaste per alcuni istanti in silenzio.

«Hai visto!» esclamò dopo circa un minuto.

«Visto cosa?» Per me non era successo nulla, ma Drake sembrava esaltatissimo.

«Me ne sono andato» disse entusiasta, come se io dovessi non soltanto accettare la cosa senza fare una piega, ma anche mostrarmi debitamente colpita. «Sono tornato a Beech Grove e ho chiesto *Come va?* A Fluffikins.»

«Drake, non sei andato proprio da nessuna parte. Sei rimasto qui per tutto il tempo» ribattei, sentendo il mal di testa che iniziava a farmi pulsare le tempie.

Lui si toccò il petto e si accigliò: «Non io. Quello che vedi non è il vero me. Beh, questo corpo non lo è. La mia mente è qui con te, ma il resto è là con Fluffikins.»

«Drake, ascoltami» dissi, spingendolo contro il muro in modo da poter avere un po' di privacy. «In questo preciso momento sono alle prese con un mago dell'illusione estremamente potente. Mi ha spedita qui per distrarmi, perché gli stavo facendo troppe domande o qualcosa del genere. Ma devo assolutamente tornare indietro.»

Drake annuì. Il suo *laissez faire* era proverbiale, ma non era uno stupido. Era su questo che contavo.

«Come hai fatto ad andartene, poco fa?»

Lui aprì le braccia e sollevò i palmi verso l'alto: «Non lo so. L'ho fatto e basta.»

Gemetti. Non era molto d'aiuto. «Ma *come*? Devo andarmene subito. Puoi insegnarmi come si fa?»

Lui ci rifletté per qualche istante prima di riprendere a parlare: «Ho solo aperto gli occhi, i miei *veri* occhi, ed ero a Beech Grove. Poi li ho richiusi ed ero qui. Non so in che altro modo spiegarlo.»

«Ok» dissi, inumidendomi le labbra con la lingua. «Ci proverò.»

Chiusi gli occhi e cercai di immaginare la vetta della montagna. Quando li riaprii, vidi Drake che mi guardava, pieno di aspettative.

«Ha funzionato?» chiese con espressione curiosa.

«No. Fammi riprovare.» E così feci. Ci riprovai almeno una mezza dozzina di volte, sempre più frustrata, ma non riuscii a venirne a capo.

«Drake, sono bloccata qui» gemetti per la frustrazione.

Lui infilò una mano in tasca e si massaggiò il braccio con l'altra. «Mi dispiace.»

«Sono bloccata…» dissi, con un improvviso lampo d'ingegno. «Ma tu no. Tu puoi aiutarmi!»

«Certo. Cosa devo fare?»

«Ok, ascoltami bene, perché è molto importante.

Ho bisogno che torni dal signor Fluffikins e gli dica che un mago malvagio ha catturato me e Merlino, e ci ha portati sulla cima di una montagna molto alta a Nocturna. Io sono intrappolata in un'illusione e Merlino in una gabbia magica. Non abbiamo possibilità di fuga e il mago utilizzerà il nostro sangue per lanciare un incantesimo terribilmente malvagio. Ho bisogno che veniate a salvarci.»

Lui sollevò un sopracciglio, poi l'altro. Finalmente avevo suscitato il suo interesse: «Nocturna? Non ne ho mai sentito parlare.»

«Già, ma auspicabilmente il signor Fluffikins sa come arrivarci. Puoi farlo, Drake? Salverai il mondo?»

«Certo, non vedo perché no.» E se ne andò, lasciandosi dietro il guscio senza vita della sua illusione.

Ora non potevo fare altro che aspettare e sperare di aver riposto la mia fiducia nell'uomo – o meglio, nel vampiro – giusto.

22

Sbattei le palpebre e aprii gli occhi con un sussulto. La caffetteria ben illuminata si era trasformata in un paesaggio notturno, buio e desolato. Non riuscivo a vedere nulla, a parte la luce scintillante delle stelle e della luna, alta nel cielo.

C'era anche qualcos'altro che scintillava: un calderone pieno di un liquido verde brillante che ondeggiava.

Ero tornata sulla cima della montagna!

Ma come?

Un turbinio rosa attirò la mia attenzione, seguito da un flusso verde.

Due gatti neri ruzzolavano in un intrico di magia: Fluffikins e Dash, il bene contro il male.

«Drake?» gridai nell'oscurità.

«Sono qui» disse lui tranquillo; se ne stava in piedi, pericolosamente vicino al bordo della vetta.

«Ci hai trovati!» Ero così felice che mi veniva da piangere.

«Ci è voluto qualche tentativo, ma ce l'abbiamo fatta. Ci sono un sacco di montagne in questo posto.»

Ora stavo piangendo davvero. Forse non sarei morta all'alba, dopotutto.

«Sai che sei incatenata a una roccia?» mi chiese Drake mentre i gatti continuavano a lottare a colpi di zanne e artigli.

«Sì. Puoi liberarmi?» chiesi speranzosa, provando a divincolarmi per mostrargli che non riuscivo a farcela da sola.

Drake mi si avvicinò a passo deciso, concentrato ma senza fretta, come se avesse a disposizione tutto il tempo del mondo.

Cercai di non sbuffare o alzare gli occhi al cielo. Sapevo che era in grado di provare emozioni: lo avevo visto con i miei occhi quando il signor Fluffikins gli aveva rivelato che, in realtà, era un vampiro. Però, accidenti... almeno in quella situazione, non poteva affrettare un po' il passo?

Drake aveva percorso più della metà della

distanza che ci separava quando, all'improvviso, spalancò gli occhi e crollò a terra.

Dash era proprio dietro di lui, intento a valutare i danni con orgoglio evidente.

«Drake!» gridai. «Alzati!»

«Questo dovrebbe bastare a metterlo fuori gioco» disse il mago malvagio; un istante dopo Fluffikins gli si scagliò addosso fulmineo, e i due gatti ripresero a lottare.

Rimasi a osservarli per un po', ma era impossibile distinguere due gatti neri in una battaglia notturna, seppur magica. L'unica cosa che li differenziava era il colore dei loro incantesimi. Mi chiesi perché la magia di Merlino fosse verde, come quella di Dash, e non rosa come quella di Fluffikins.

«Merlino?» chiamai, ricordandomi che anche il mio gatto era ancora là da qualche parte. «Merlino, stai bene?»

«Sì, sto bene» rispose lui, con voce intontita. «Ma non riesco a uscire da qui.»

«Dash ha già preso il tuo sangue?»

«N-no, non credo.»

«Allora siamo ancora in tempo.» Potevamo ancora farcela. E ora che erano arrivati i rinforzi, saremmo riusciti di certo a sconfiggere Dash.

«Il sole sorgerà presto. Non abbiamo molto tempo» mi avvisò Merlino.

«Finché riusciamo a evitare che Dash prelevi il tuo sangue, non ci succederà niente di brutto» promisi, sperando di riuscire a mantenere la parola data.

I due gatti neri soffiavano e ruggivano mentre rotolavano qua e là sulla cima della montagna, impegnati nella battaglia magica. Dash era molto più forte di me e Merlino, ma Fluffikins sembrava eguagliarlo.

Il mio sguardo si spostava frenetico da Merlino a Drake, in attesa che si presentasse l'occasione propizia. Avremmo vinto, in un modo o nell'altro. Dovevamo per forza vincere.

I gatti finirono contro il calderone di Dash, rovesciandolo. Il liquido verdastro strabordò e si riversò a terra.

«È troppo tardi» tuonò Dash con quella sua strana voce profonda. «Il sole sta sorgendo. Mi serve solo l'ultimo ingrediente, ed Excalibur rinascerà.»

In effetti il sole faceva capolino all'orizzonte. Non ero mai stata così triste nel vedere l'alba di un nuovo giorno. Se fossimo riusciti a sopravvivere, l'avrei considerata per sempre in modo diverso da come avevo fatto fino a quel momento: come una possibile fine, anziché un promettente nuovo inizio.

Fluffikins lanciò un'occhiata al cielo. Si trattò di un breve istante, ma tanto bastò.

Non appena vide l'avversario distratto, Dash si fiondò verso la gabbia di Merlino, pronto a prelevare il suo sangue e riportare in vita l'artefatto maledetto.

«No!» gridai.

Ma Dash aveva già raggiunto la gabbia e armeggiava con il lucchetto. Avendo mantenuto la forma felina, estrasse un artiglio e con un incantesimo lo trasformò in una chiave che, neanche a dirlo, entrò perfettamente nella serratura.

Merlino si premette contro il fondo della gabbia, cercando di frapporre la maggior distanza possibile tra sé e il mago oscuro. Con la coda dell'occhio vidi un accecante proiettile rosa attraversare la vetta e schiantarsi contro Dash come un treno in corsa. Il proiettile non si fermò con l'impatto, ma continuò a spingere, caricando dritto dalla cima della montagna e sollevandosi verso il cielo che iniziava a schiarire. Poi curvò, cambiando bruscamente direzione e schizzando verso di noi. Si fermò di fianco a Drake, e la magia svanì nel nulla.

«Che cos'è successo?» chiesi al signor Fluffikins.

«Era distratto, così l'ho spinto giù dalla montagna» disse il potente felino, con il petto gonfio per l'orgoglio.

«E rimpiangerai di averlo fatto!» tuonò la voce del mago oscuro, che stava riemergendo dal fianco della montagna. Non aveva più l'aspetto di un gatto, e nemmeno quello di umano dalla lunga barba bianca.

Ora un enorme drago si ergeva in volo dinnanzi a noi.

E non sembrava affatto amichevole.

23

Rimasi a fissare il mostruoso drago verde a bocca aperta. Avevo assistito a numerose manifestazioni magiche negli ultimi mesi, ma nessuna di esse mi aveva lasciato tanto scossa quanto la vista di quel terrificante colosso che sbatteva le ali proprio davanti a me.

Dash in versione drago ruggì e sputò un torrente di fiamme che carbonizzò l'erba ai miei piedi.

«Cosa sta succedendo?» gridò Drake, che finalmente si era ripreso ed era balzato in piedi. «Wow, effetti speciali fighissimi.»

Il drago riprese a sputare fuoco dirigendone un'ondata proprio verso Drake.

«No!» gridai, mentre le fiamme avvolgevano completamente il mio povero amico.

Il drago rise e passò alla vittima successiva: il signor Fluffikins.

Fissavo la colonna di fuoco che ancora ardeva a qualche passo di distanza. Il sudore mi imperlava la fronte e il labbro superiore. Non c'era la minima possibilità che Drake fosse sopravvissuto.

Ed era colpa mia. Ero stata io a coinvolgerlo in quella situazione.

In lontananza i gatti avevano ricominciato a combattere. Anche se, nella sua nuova forma, Dash superava di gran lunga in dimensioni Fluffikins, il piccolo gatto nero non aveva la minima intenzione di tirarsi indietro. Si lanciò dritto sul drago, e i due ripresero la lotta da dove l'avevano interrotta.

Lasciai i gatti a sbrigarsela da soli e chinai il capo in segno di rispetto mentre il fuoco che aveva avvolto Drake si spegneva.

«Accidenti, che razza di caldo» borbottò il mio amico; quando alzai lo sguardo lo vidi allontanarsi da un cumulo di terra incenerita. Non aveva nemmeno una scottatura. Neanche una macchia di fuliggine.

«Drake» gridai a bassa voce, quando fui certa che i due gatti neri fossero concentrati l'uno sull'altro e non ci stessero prestando attenzione.

Quando si voltò nella mia direzione, gli feci cenno di avvicinarsi.

«Non sono fantastici i miei nuovi poteri da vampiro?» chiese con un gran sorriso. «Ho appena attraversato le fiamme indenne.»

«Sì, straordinari!» Ovviamente c'erano un miliardo di domande che avrei voluto fargli, ma qualcosa mi diceva che lui non avrebbe avuto le risposte. E, in ogni caso, avevamo cose più importanti di cui occuparci, ora come ora.

«Ascolta» continuai. «Ho bisogno che tu liberi Merlino dalla gabbia. Dash ha aperto il lucchetto prima che Fluffikins lo spingesse giù dalla montagna, quindi in teoria devi solo aprirla. Ok?»

«Ok.»

«Muoviti lentamente e senza fare rumore. Dash crede di averti messo fuori gioco e fargli cambiare idea è l'ultima cosa che vogliamo.»

Drake alzò i pollici, poi si rimise pancia a terra e prese a strisciare verso la gabbia in cui si trovava Merlino, a vari metri di distanza. Come previsto, riuscì ad aprirla con facilità, senza bisogno di armeggiare con la serratura.

Mi aspettavo che Merlino balzasse fuori a velocità fulminea, invece sgusciò all'esterno con passi esitanti. Il poveretto ne aveva passate tante nelle ultime ventiquattr'ore, e non sapevo quanto avrebbe potuto reggere ancora.

Avrei voluto gridare per incoraggiarlo, ma se l'avessi fatto, avrei rischiato che Dash scoprisse che ora il mio gatto era libero. Per il momento dovevo fidarmi del fatto che Merlino sapesse cosa stava facendo.

E stava chiaramente facendo qualcosa.

Il Maine Coon avanzò lentamente, ma con decisione, verso di me. Stava venendo a liberarmi dalle catene? Sarei finalmente riuscita a unirmi alla lotta, anziché limitarmi a fare il tifo da bordocampo?

No. Merlino si fermò a pochi passi da me e dal masso a cui ero incatenata, e compresi con orrore cosa stava pensando di fare.

«Merlino, non puoi farlo!» gracchiai, la voce poco più che un sussurro. Non potevo ancora rischiare che Dash scoprisse che era libero.

Merlino mi lanciò un'occhiata; i nostri occhi si incontrarono per un breve istante, poi lui rivolse nuovamente l'attenzione alla spada abbandonata. «Non abbiamo altra scelta» disse stoicamente.

E prima che riuscissi a fermarlo, sollevò una zampa in aria con gli artigli sguainati e la abbassò con forza, colpendosi il petto, proprio come aveva fatto Dash in precedenza.

Il sangue colò sulla sua lunga pelliccia, e infine gocciolò sulla spada.

Il mio gatto aveva appena riforgiato Excalibur, la spada creata per distruggerci.

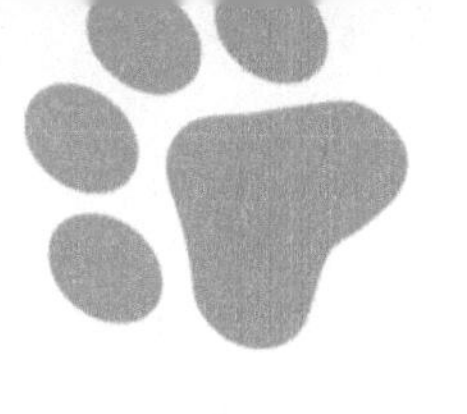

24

nfusa del sangue dell'ultimo membro del trio maledetto, l'antica spada prese a scintillare di un bianco accecante e rabbioso.

Merlino trasse un profondo respiro, si sollevò sulle zampe posteriori e si avventò sull'arma con entrambe le zampe anteriori.

La spada soffiò e sfrigolò, e il bagliore bianco che la circondava si estese all'intero corpo del mio gatto. Insieme, rilucevano come un faro, attirando all'istante l'attenzione del drago.

«No!» Dash si allontanò da Fluffikins, affrettandosi verso il bagliore.

«Drake» gridai, facendogli cenno di raggiungermi.

«Ho un piano» dissi, mentre il drago cercava

freneticamente di togliere la spada a Merlino; ma sembrava che il gatto e l'arma fossero diventati una cosa sola.

Bisbigliando, illustrai il mio piano a Drake, ma lui mi rivolse un sorriso incerto: «Non saprei. Sembra una follia.»

«Fidati di me. È la nostra unica possibilità.»

Lui annuì e si allontanò con calma.

«Che cosa hai fatto?» sbraitò Dash, senza rivolgersi a nessuno in particolare.

Infine la spada lasciò la presa su Merlino, e il mio gatto ricadde su un fianco, privo di forze.

Il drago afferrò la spada e la impugnò senza fatica. Non era rimasto nessuno a impedirglielo. Con rinnovata fiducia, Dash si lanciò contro Fluffikins, brandendo l'arma con immensa forza.

«Attento!» gridammo io e Drake.

Il signor Fluffikins fece comparire una frusta di magia rosa con cui afferrò la spada, liberandola con facilità dalla presa del drago. Poi, reggendola con la frusta, gliela puntò dritta al cuore. E mentre la frusta magica sorreggeva Excalibur, divenne evidente che la spada non aveva raggiunto lo scopo previsto da Dash: la magia di Fluffikins bruciava ancora con forza e risplendeva, fiera.

«Voi idioti avete mandato a monte il mio magnifico piano!» gridò il drago, quando anch'egli comprese che l'artefatto non era riuscito a privare l'altro gatto dei suoi poteri. «Morirete per questo!»

Dash e Fluffikins continuarono a combattere, entrambi ancora dotati delle proprie abilità stregonesche. Excalibur cadde a terra, ormai ridotta a niente più che un'inutile reliquia.

Merlino, che giaceva a terra, ansante, aprì un occhio.

Vedevo Drake rannicchiato in lontananza, in attesa del momento giusto per mettere in atto il nostro piano.

Io ero ancora incatenata a quel dannato masso.

«Che cos'hai fatto, sciocco di un gatto?» chiesi a Merlino. Nuovamente, le lacrime mi scorrevano sulle guance. Stavo diventando proprio una piagnucolona.

«Il mio sangue» disse lui rabbrividendo. «Non è più magico. L'incantesimo è stato spezzato.»

«Hai riforgiato la spada e poi ne hai annullato il potere in modo che nessun altro potesse usarla» dissi riflettendo ad alta voce.

«Sì» rispose lui prima di svenire di nuovo.

«Merlino!» gridai; ma niente di ciò che potessi dire o fare riuscì a svegliarlo.

Ti prego, non morire. Ti prego, non morire!

Non poteva finire così. Non potevamo vincere

quella battaglia solo per perdere la guerra. Merlino non poteva morire. E non sarebbe accaduto. Mi rifiutavo di accettarlo.

Fluffikins e Dash continuarono a lottare per quelli che parvero secoli. Doveva essere sembrato parecchio tempo anche a Drake, perché decise di deviare dal piano originario.

«Ehi, *Dragon breath*[11]!» gridò, saltando fuori dal suo nascondiglio e agitando le braccia in aria.

«Tu! Pensavo di essermi già liberato di te!» Dash ruggì e si allontanò da Fluffikins, volando verso Drake.

Quell'idiota patentato! Ora si sarebbe fatto ammazzare! Perché non aveva aspettato, come gli avevo detto di fare?

Stavo ancora soppesando la domanda, quando Drake scomparve proprio davanti ai miei occhi e ricomparve sulla schiena del drago, spingendolo a dirigersi verso la gabbia in cui in precedenza era intrappolato Merlino.

All'ultimo secondo, Drake scomparve di nuovo. No, in realtà non scompariva: bensì si muoveva così velocemente da risultare invisibile all'occhio umano.

Drake balzò giù dal dorso del drago un istante prima che l'immenso bestione si schiantasse contro la minuscola gabbia.

Trattandosi di una gabbia magica, nel momento in cui il drago vi sbatté contro, le sbarre ne assorbirono il potere, facendo tornare Dash alle sue consuete fattezze.

Il vecchio con la barba lunga.

Nutrita prima dalla magia di Merlino e ora da quella di Dash, la gabbia si era fatta sempre più potente e quadruplicò all'istante le proprie dimensioni in modo da riuscire a contenere il nuovo prigioniero.

«Chiudila!» gridai; ma Drake era già entrato in azione.

Fluffikins arrivò in volo e atterrò al suolo con un forte tonfo: «Sembra che la tua prima lezione con Connie sia andata bene.»

«Sì. A quanto pare, essere un vampiro non è poi così male» ammise Drake infilando le mani nelle tasche dei jeans.

«Bene, lei verrà con me» disse il signor Fluffikins alla patetica creatura nella gabbia. Poi evocò una densa nebbia rosa ed entrambi scomparvero.

Rimanemmo solo io, Drake e Merlino.

«Lascia che ti aiuti con quelle» disse Drake indicando le catene che ancora mi legavano i polsi. Schizzò al mio fianco a una velocità impensabile, le afferrò e le tirò via come se non fossero state niente di più che fili sottilissimi.

Non riuscivo a crederci: «Avresti potuto farlo anche prima?»

«Probabilmente sì» ammise. «Ma sto ancora facendo pratica.»

Gli diedi il cinque, poi mi lasciai cadere a terra accanto al mio gatto. Lo sollevai fra le braccia e lui mi si appallottolò contro il petto. Era ancora vivo, ma in seguito la cosa lo avrebbe imbarazzato non poco.

«Dobbiamo tornare a casa e trovare Luna» dissi a Drake.

«Allora andiamo» rispose.

«Aspetta» dissi, fissando il musetto di Merlino. La lingua gli sporgeva leggermente dalla boccuccia. Aveva un aspetto così fragile in quel momento.

«Non posso venire con te» dissi con un sorriso triste. «Non posso andarmene da Nocturna. Non più.»

25

«S e non te ne vai tu, non me ne andrò neanch'io» insistette Drake, cogliendomi totalmente di sorpresa.

«Me la caverò» dissi, liquidandolo con un gesto della mano. «Tu vai pure, se puoi.»

Lui diede un calcio al terreno incenerito: «Ok, ma come faccio?»

«Beh, come avete fatto tu e il signor Fluffikins ad arrivare qui?» Sinceramente me lo ero chiesto fin dall'inizio.

«Con quella roba che fa lui, la magia rosa» rispose Drake senza scomporsi.

«Sono certa che tornerà a prenderti, quando si sarà accertato che Dash sia rinchiuso in quella bella prigione di cui parlava.»

Drake annuì come se la cosa non avesse importanza: «Ma che ne sarà di te?»

Sospirai e abbassai gli occhi sul micio privo di coscienza tra le mie braccia: «Solo Merlino poteva farmi entrare e uscire da Nocturna. Sono legata a lui in qualità di suo famiglio.»

«Ma lui ha perso i suoi poteri, giusto?»

«Già.»

Il viso di Drake esprimeva un misto di emozioni, anziché l'usuale tranquillità: «Quindi come farai a uscire da qui?»

Rabbrividii e strinsi Merlino al petto ancora più forte, accorgendomi all'improvviso di quanto facesse freddo, ora che l'adrenalina era svanita. «Non uscirò.»

Lui storse il naso come per disgusto, poi scosse il capo: «Beh, non puoi restartene qui su questa montagna. Lascia che ti porti da qualche altra parte.»

«No, Drake. Davvero va tutto be—»

Ma prima che riuscissi a finire la frase, lui mi prese fra le braccia e iniziò a correre giù dalla montagna a velocità folle. Strinsi a me Merlino più che potevo, terrorizzata all'idea che potesse cadere e morire.

«Qui va bene» disse Drake rimettendomi giù poco dopo.

Tenni gli occhi serrati, timorosa di aprirli. Se non

altro, sembrava che il mondo avesse smesso di vorticarmi intorno.

Trassi un respiro profondo per calmarmi, aprii un occhio e incespicai.

Drake mi sorresse prontamente, tenendomi in piedi con mano ferma, mentre io stringevo al petto Merlino, che era sempre più freddo.

«Mi hai riportata al villaggio» dissi, ispezionando la cittadina in miniatura in stile bavarese che si innalzava intorno a me.

Drake si strinse nelle spalle: «Mi sembrava un posto adatto né più né meno di tanti altri.»

Entrambi ci guardammo intorno nel pittoresco paesino. Un'anziana coppia di gatti himalayani ci sorpassò dall'altro lato della strada, ma per il resto il luogo era deserto.

«Scusatemi» dissi loro. «Potrei chiedervi un favore?»

Si fermarono e mi fissarono a occhi sgranati, senza sbattere le palpebre.

«Potreste aiutare i miei amici a tornare dall'altra parte?»

«Certamente» rispose l'anziana gatta con una vocina tenera e acuta. «Casa nostra è proprio in fondo alla strada. Incontriamoci lì dieci minuti prima del tramonto: prepareremo il portale.»

«Grazie» dissi, chinando il capo. Purtroppo mi resi conto solo in quel momento che era mattino presto.

Gli himalayani ci salutarono con un cenno del capo e ripresero la via di casa.

«Vi faranno uscire da qui, ma più tardi. I portali si aprono solo al tramonto» confidai a Drake. Se non altro avrei avuto un po' di compagnia mentre ceravo di immaginare come sarebbe stata la mia vita da lì in poi.

Entrambi osservammo il cielo, dove il sole aveva ormai disegnato un tripudio di rosa, azzurro e oro.

Drake mi sorrise timidamente: «Beh, mi vengono in mente modi peggiori di trascorrere la giornata. E per me ce ne saranno letteralmente un'eternità, considerando che sono immortale.»

«Sei davvero immortale?» chiesi mentre passeggiavamo per le strade deserte di Nocturna. A quanto pareva, a quell'ora, i felini che vi abitavano se n'erano andati tutti a letto.

«Posso morire. Ma non ci sono molti modi in cui può capitare. La maggior parte dei vampiri campa per un tempo lunghissimo.» Infilò le mani nelle tasche ed emise un sospiro lento e tremante.

«Come ti fa sentire? Essere un vampiro, intendo.»

Lui si strinse nelle spalle: «All'inizio è stato uno shock, ma ormai mi ci sono abituato.»

«Di già? Voglio dire, lo hai scoperto solo ieri.»

«Sì, ma credo di esserlo già da un paio d'anni. Ricordi quando ti ho raccontato di quella volta in cui ho visto un fantasma durante un temporale?»

Annuii, presa dal suo racconto.

«Credo che sia accaduto quella notte. Fluffikins e la sua squadra stanno cercando di aiutarmi a ricordare. Credono che sia la chiave per scoprire perché sono diverso.» Si accigliò per un istante, poi il suo volto tornò alla sua tipica espressione imperturbabile.

«Tu non sei mai stato come tutti gli altri, Drake» puntualizzai con una risata.

Ridacchiò anche lui, ma non saprei dire se fosse una risata di cuore. «Sì, ma non è questo che intendono. Sono in grado di fare cose che i vampiri non dovrebbero riuscire a fare.»

«Come camminare tra le fiamme?» suggerii.

«Sì, e varie altre cosette.» Si strinse di nuovo nelle spalle. «Non so. Ci sono molte cose che devo ancora capire.»

Avrei voluto aiutarlo, ma non sapevo come. Tutto ciò che potevo fare per lui era ascoltarlo mentre era ancora lì con me, a Nocturna, e sperare che tutto andasse per il meglio quando se ne fosse andato. Mi ci sarebbe voluto un po' per abituarmici—intendo dire, all'idea che la mia famiglia e i miei amici avrebbero dovuto andare avanti con le proprie vite senza di me. Non avrebbero nemmeno mai saputo cosa mi fosse successo davvero...

Il cellulare iniziò a vibrarmi in tasca per una chiamata in arrivo.

«Ma sul serio? C'è campo in un'altra dimensione?» Lo estrassi dalla tasca e vidi che si trattava di Kelley.

«Devo rispondere» dissi a Drake. Poi premetti il pulsante per accettare la chiamata. «Pronto?»

26

«**G**racy!» Attraverso il telefono la voce di Kelley mi perforò i timpani. «Non indovinerai mai cos'è successo!»

Misi la chiamata in vivavoce in modo che anche Drake potesse ascoltare, ma mi portai un dito alle labbra per fargli capire che doveva restare in silenzio. L'ultima cosa di cui Kelley aveva bisogno era scoprire che io e Drake eravamo insieme alle prime ore del mattino. Era una situazione del tutto innocente, ma non avrei potuto dirle neanche un uno percento di verità ed ero troppo stanca per inventare una bugia credibile.

«Cosa?» chiesi, cercando di risultare il più possibile briosa.

«Beh, ieri notte non riuscivo a dormire perché ero preoccupata per la mia storia con Drake» iniziò lei.

Fece una pausa per prendere fiato e io mi affrettai a prendere le difese del mio amico: «Kelley, te l'ho già detto. Voi due siete—»

«No, no, ascoltami. Non ha importanza. Cioè, è importante, ma non è per questo che ti ho chiamata.» Trasse un respiro affannato e arrivò al punto: «Non riuscivo a dormire, sono uscita a prendere una boccata d'aria e penso di aver trovato il tuo gatto.»

Lanciai un'occhiata a Merlino, ancora rannicchiato nell'incavo del mio braccio, mentre con l'altra mano reggevo il cellulare: «Sei sicura? Perché Merlino è proprio qui, accanto a me.»

«Ok, ma tu hai due gatti, no? Quello grande, marrone, con il pelo lungo e quello bianco più piccolo.»

Sussultai: «Hai trovato Luna?»

«Sono piuttosto certa che sia lei. Resta in linea, ti mando una foto.»

Il telefono emise un bip e io scorsi la schermata con un dito per aprire il messaggio. Mi trovai davanti gli occhi azzurri di Luna che mi fissavano.

«Non è granché come foto, ma è il meglio che sono riuscita a fare» disse Kelley, mentre io osservavo l'immagine.

«Lei sta bene?» chiesi in tono supplice. «Ora è lì con te?»

Kelley sbadigliò, come a dimostrare di aver passato la notte insonne. Beh, non era stata l'unica.

«Ho provato a chiamarti per tutta la notte» disse, la stanchezza evidente nella voce, «ma sono riuscita a prendere la linea solo ora. Dove ti sei cacciata?»

In cima a una montagna a combattere contro un drago, fra le altre cose.

«Mmm, non ha importanza» dissi. «Luna sta bene?»

«Credo di sì. È in fondo al pozzo del mio giardino. È bloccata lì, quindi non ne sono sicura al cento percento, ma miagola come una forsennata. È così che sono riuscita a trovarla.»

Mi immaginavo Kelley in piedi accanto al pozzo intenta a guardare Luna mentre parlavamo. Grazie al cielo l'aveva trovata. Merlino sarebbe stato molto sollevato quando si fosse ripreso.

«Oddio, Kelley, devi tirarla fuori da lì» gridai, attirandomi un'occhiataccia da una calico magrolina di passaggio.

«Ho già chiamato i vigili del fuoco» mi rassicurò lei. «Tirano giù i gatti dagli alberi, quindi li tireranno anche su dai pozzi, no? Hanno detto che passeranno appena avranno un momento libero. Per cui sono qui in attesa. Per fortuna mi ero presa una giornata libera. Quando mi raggiungi?»

Abbassai il cellulare e cercai di non soccombere a un'ondata di nausea. Cosa potevo dirle? Non sarei più potuta andare a casa sua, né ora né mai. Ero bloccata a Nocturna per sempre e non potevo spiegarglielo in nessun modo.

«Arriverò il prima possibile» riuscii a balbettare. Poi chiusi la chiamata.

«Luuuunaaaa» gemette Merlino, rigirandosi fra le mie braccia.

«È al sicuro. Kelley l'ha trovata» gli dissi con un ampio sorriso. Ero molto felice che la famigliola di gatti si potesse riunire, anche se non ne avrei più fatto parte.

«Dobbiamo tornare» insistette Merlino, toccandomi con una zampetta. «Mettimi giù. Devo andare da Luna.»

«Ma è già mattina. Siamo bloccati a Nocturna almeno fino a stasera» gli dissi; ma lo misi comunque giù. Ero contenta che si fosse ripreso. Era una preoccupazione in meno in un giorno già pieno di preoccupazioni.

«Ehi, quel coso funziona, giusto?» chiese Drake indicando il mio cellulare. Con l'altra mano estrasse il suo dalla tasca e diede un'occhiata allo schermo.

«Non prende» mi informò, sventolandomelo davanti. «Ricordami di passare al tuo operatore quando ce ne andremo da qui.» Tese una mano, con il palmo aperto: «Posso?»

«Oh, certo.» Gli passai il telefono e lo guardai copiare un numero dal suo cellulare e inserirlo nel mio.

«Shh, suona!»

Qualcuno rispose all'altro capo della linea. Riuscii a malapena a sentire un «Pronto» attutito.

Il viso di Drake si illuminò come un falò: «Ehi, Tawny. Puoi passarmi Fluffikins?»

27

«Ciao, potresti mettere qualcun altro a fare la guardia al mago cattivone e venire da noi, per favore?» chiese Drake quando Fluffikins rispose. Aveva messo il vivavoce.

«Dove siete?» domandò il gatto nero con quella sua voce inquietante da serpente.

Drake guardo il cielo, sbatté le palpebre e si guardò intorno, presumibilmente in cerca di punti di riferimento. «In quel villaggio. Nocturna. Vicino alla piazza. C'è una fontana.»

«Ma, Drake» iniziai a ribattere. «Il portale si aprirà solo al—»

Mi interruppi quando il signor Fluffikins comparve a pochi passi da noi nel suo classico turbine di magia rosa.

Drake chiuse la chiamata e mi restituì il cellulare.

Avevo praticamente la mascella a terra per lo stupore: «Non capisco. Com'è possibile?»

«La magia dei tuoi gatti e la mia sono diverse» spiegò Fluffikins, come se la risposta fosse ovvia. «Non sono soggette alle stesse regole.»

«È per questo che la loro magia è verde e la sua è rosa?»

«Qualcosa del genere.» Il gatto nero si sedette sulla strada acciottolata e frustò l'aria con la coda, pensieroso. «Ammetto di non aver ancora capito del tutto come tanti sistemi magici diversi possano coesistere senza seguire le stesse regole. Ma vi assicuro che non mi darò pace finché non lo capirò.»

«Esistono altri tipi di magia? Oltre al suo e al mio?» chiese Merlino sedendosi ai miei piedi.

«Sì. La tua si è originata in Inghilterra qualche migliaio di anni fa. La mia è molto più antica: quanto la Terra stessa, se non di più.» Un sorriso gli si disegnò da una guancia baffuta all'altra. Evidentemente il signor Fluffikins era molto orgoglioso dello status della sua magia.

«Quali altri tipi di magia esistono?» chiesi, chinandomi per accarezzare la folta pelliccia di Merlino.

«Non lo so, ma intendo scoprirlo. Quando avrò completato la formazione della mia sostituta—»

«Tawny» disse Drake con un gran sorriso sdolcinato. Qualcuno si era di certo preso una cotta. Non sarebbe stata una buona notizia per Kelley, ma tra lei e Drake non sarebbe comunque durata a lungo, considerando che lui ora sapeva di essere una creatura oscura.

«Esatto. Quando Tawny prenderà il mio posto come diplomatico dell'area di Peach Planes, girerò il mondo e scoprirò tutto sui vari tipi di magia che esistono e su come possano convivere.»

«Significa che puoi far uscire Gracy da qui?» chiese Merlino. Solo in quel momento mi resi conto che i suoi occhi, prima verdi, ora erano di un bel castano caldo. La magia che era dentro di lui era morta, e per sua stessa zampa.

«Posso provarci» rispose Fluffikins annuendo. «Avvicinatevi e appoggiate tutti una mano, o una zampa, su di me.»

Facemmo come ci era stato detto.

Una nebbia rosa prese a vorticare intorno a noi, poi svanì, lasciandomi tutta sola sulla strada acciottolata.

Un istante dopo il signor Fluffikins ricomparve.

«Sono spiacente, Gracy» disse. «A quanto pare, tu

sei vincolata alla magia di Nocturna e pertanto, alle sue regole.»

Sentii le lacrime affiorare con prepotenza, ma mi sforzai di ricacciarle indietro: «Capisco.»

«Loro possono venire a farti visita qui» cercò di consolarmi lui facendomi l'occhiolino.

Annuii tristemente: «Lo so.»

«E io procederò con le mie ricerche e troverò un modo per riportarti nel tuo mondo.»

«Grazie» mormorai.

Il signor Fluffikins mi lanciò un'ultima occhiata addolorata, poi scomparve.

Rimasta di nuovo sola, la stanchezza mi piombò addosso di colpo. Ero stata coinvolta in due battaglie all'ultimo sangue, una dopo l'altra e non avevo dormito per tutta la notte.

Ero sfinita.

Così mi sdraiai lì sulla strada e chiusi gli occhi. Non mi ci volle molto per sprofondare nel mondo dei sogni.

28

Mi svegliò il tocco di due zampette che mi facevano la pasta sul fianco.

«Merlino?» borbottai. «Luna?»

Ma quando aprii gli occhi, vidi l'anziana himalayana seduta al mio fianco con espressione preoccupata.

«Vuoi ancora utilizzare il nostro portale?» mi chiese, continuando a darmi dei colpetti con la zampa.

«È tutto a posto, grazie.» Mi alzai a sedere e mi strofinai gli occhi assonnati.

«Va tutto bene, tesoro? Sembri esausta.»

Tesoro. Era il nomignolo affettuoso con cui mi chiamava Luna. Se chiudevo gli occhi, riuscivo a immaginare lei e Merlino lì al mio fianco. Invece no, ero completamente sola.

Per sempre. Scoppiai in singhiozzi strazianti ed emisi un gemito addolorato.

«Troviamo qualcosa di buono da mangiare per te. Vieni con me» disse gentilmente la gatta sconosciuta; e io la seguii fino a casa sua.

«Non credo che riuscirai a entrare, ma aspettami qui: ti porterò del latte» disse, prima di infilarsi di corsa in un piccolo cottage dal tetto di paglia.

Rimasi in attesa, con lo stomaco che brontolava al pensiero di poter finalmente mangiare. Finora ero stata troppo spaventata, triste e stanca per accorgermi di avere fame.

Cercai di concentrarmi sull'ambiente circostante anziché sull'abisso che avevo nello stomaco.

Intanto, il villaggio iniziava ad animarsi. Il tramonto si avvicinava rapidamente, quindi per gli abitanti era ora di iniziare la giornata. Vidi gatti di ogni tipo e colore uscire di casa e mettersi in cammino diretti chissà dove.

Una cucciolata di gattini pezzati, bianchi e neri, seguiva la madre in una fila ordinata, muovendo rapidamente le zampette per stare al suo passo.

Sorrisi tra me e me. Il mondo che conoscevo per me non esisteva più, ma intorno a me la vita andava avanti. C'erano ancora lieti fini e nuovi inizi. E, forse, ci sarebbero stati anche per me, se non mi fossi arresa.

Vidi un gatto tigrato dal pelo lungo correre avanti e indietro sul marciapiede; teneva in bocca un micino completamente bianco. Quando si avvicinarono, mi resi conto che il gattino doveva avere solo poche ore. Aveva gli occhi ancora completamente chiusi.

Oh, caspiterina. Speravo che non ci fossero problemi.

Mi avvicinai alla porta di casa degli himalayani e bussai con delicatezza: «Mi scusi, signora. Temo che ci sia qualcosa che non va.»

Lei soffiò per lo spavento e mi fissò attraverso la finestra: «Che genere di problemi fai bussare alla mia porta?» chiese, sgranando gli occhi.

«Mi scusi, non volevo. Voglio dire, non penso, cioè io—»

«Il gatto ti ha mangiato la lingua?» chiese Merlino alle mie spalle. La voce gli uscì attutita, ma l'avrei riconosciuta fra mille.

Mi voltai a guardarlo, ed era proprio lì davanti a me. Era lui la palla di pelo marrone che sfrecciava per le strade con un micino bianco in bocca.

«Quello è...?» Mi si ruppe la voce e scoppiai a piangere.

Sì, di nuovo.

«Ecco qui. Prendilo» disse Merlino ancora con il cucciolo in bocca.

Tesi le mani e lui vi adagiò il gattino, poi io mi alzai in piedi, avvicinandomelo al volto.

«È così piccolo!» squittii deliziata.

«Come si chiama?» chiesi poi con un sorriso come non ne avevo mai fatti.

Merlino sollevò il capo e fiutò l'aria osservando il cielo notturno: «Non ha ancora un nome. Io e Luna avevamo cose più urgenti di cui occuparci.»

«Luna! Sta bene?»

«Sì, non male, tutto sommato. Ha affrontato coraggiosamente il parto, dando alla luce quattro gattini sani. Tre femminucce e questo maschietto.»

«Oh!» Ripresi a piangere, dando bacetti delicati alla dolce creaturina che tenevo fra le mani. «Grazie per averlo portato qui a trovarmi.»

«Non l'ho portato qui a trovarti» mi corresse Merlino, il muso illuminato da un sorriso. «L'ho portato qui per riportarti a casa.»

Mi rizzai di soprassalto: «Cosa?»

«Quel genio di mia moglie mi ha fatto notare una cosa quando sono tornato.»

«E di che si tratta?»

«Tu sei legata al mio sangue.»

«Sì, e tu hai perso la magia, ragion per cui sono bloccata qui.»

«Io ho perso la magia, ma non sono più l'unico mago con il mio sangue!»

Fissai il cucciolo che tenevo fra le mani: «Non dici sul serio.»

«È stato lui a portarmi qui» sottolineò Merlino. «Ora vediamo se è in grado di riportarti a casa. Abbiamo bisogno di te, Gracy. Fai parte della famiglia.»

E a quelle parole riattaccai a piangere come una fontana. In effetti pareva proprio che il mio cognome mi calzasse a pennello[1].

«Grazie per l'aiuto, ma ora devo andare» gridai all'himalayana che sbirciava dalla finestra. Poi mi chinai di nuovo per guardare Merlino dritto negli occhi.

«Andiamo a casa» dissi, tenendo il gattino in una mano e accarezzando Merlino con l'altra.

«Finalmente. Iniziavo a pensare che non me lo avresti mai chiesto.»

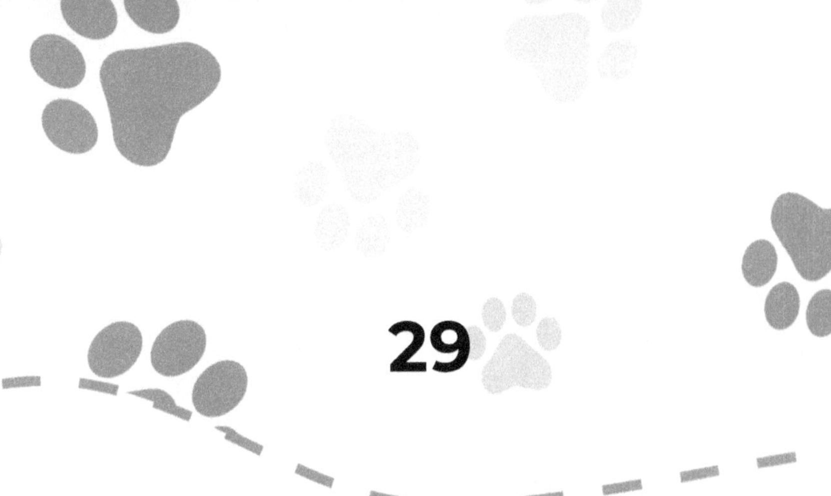

29

A casa tutto era esattamente come l'avevo lasciato la sera prima. Tutto eccetto quattro micini neonati, costantemente intenti a contorcersi.

«Li adoro. Tutti quanti!» dissi deliziata a Luna che mi presentava a una a una le tre femminucce. Somigliavano tutte al padre; solo il maschietto aveva preso dalla mamma.

«Dovrai aiutarci a decidere come chiamarli. Io e Merlino non riusciamo a metterci d'accordo su nessun nome» disse Luna, aiutando la micina più piccola delle tre ad attaccarsi per succhiare il latte.

«Mi piacerebbe molto.»

Virginia scelse proprio quel momento per sbucare fuori da un muro e gridare: «Buuu!»

I cuccioli strillarono e si rannicchiarono contro Luna.

«Hai spaventato i miei nipotini a quattro zampe!» sbottai, ribollendo di rabbia come non mi era mai successo prima.

Virginia ridacchiò: «Penso che mi piacerà avere per casa quei piccoli mocciosi.»

«Oltretutto, sei stata tu!» la aggredii, rialzandomi in piedi e avventandomi su di lei.

«Non so di cosa tu stia parlando» disse il fantasma, apparentemente già annoiato, mentre fluttuava verso il muro.

Ma io mi rifiutai di lasciar correre così facilmente: «Ci hai spiati per settimane. Hai detto a Dash quale fosse il momento migliore per farsi passare per Luna e prendere il suo posto. Suppongo che tu le abbia detto anche dove poteva nasconderla. O è stata una coincidenza che sia finita proprio sul fondo del pozzo a casa di Kelley?»

«Il mio pozzo! La mia casa!» mi corresse Virginia. «E comunque che importanza ha? In qualche modo voi tre sciocchi siete riusciti a vincere, alla fine, quindi chi se ne importa del ruolo che ho svolto io in tutta questa faccenda?»

«A me importa» dissi, puntandomi il pollice al

petto. «Soprattutto perché stai spaventando i cuccioli.»

«Oh, uèèè.» Virginia rise fragorosamente alla sua battuta.

Infilai una mano in tasca ed estrassi il cellulare.

«Che stai facendo?» chiese Virginia, la paura che le si insinuava nella voce.

«Chiamo lo sterminatore» dissi con un sorriso magnificamente malvagio.

Drake rispose al secondo squillo: «Pronto al confronto.»

«Ciao, Drake. Sei con il signor Fluffikins?» chiesi senza fiato.

«Sì.»

«Mi serve un favore.» Gli illustrai rapidamente il problema.

«Sì, possiamo aiutarti» disse Drake prima di riattaccare.

Circa cinque minuti dopo, Drake, il signor Fluffikins e un uomo anziano dalla lunga barba bianca comparvero in soggiorno.

A quella vista, gridai e allargai le braccia per proteggere Luna e i gattini: «Dash è proprio dietro di voi!» strillai per avvertirli.

Drake mi fissò, la fronte aggrottata per la confusione: «Cosa? Oh, questo non è Dash. È—»

Virginia emise un urlo terrificante, che mi impedì di udire le parole di Drake.

Mi voltai giusto in tempo per vedere il sosia di Dash brandire un'enorme falce che risucchiò lo spirito incorporeo di Virginia nella propria lama.

«Che cos'è successo?» chiesi, elettrizzata e terrorizzata al contempo.

Drake sollevò le sopracciglia: «C'era uno spirito vagante, così ho portato con me il mio amico Mietitore.»

L'anziano uomo, vestito con un completo elegante, fece un inchino, poi si recò a esaminare il contenuto del mio frigo.

«Grazie!» gli gridai dietro.

Lui si limitò a sollevare una mano e fare un cenno di assenso, poi tornò alla ricerca di cibo.

«È un tipo di poche parole» disse Drake stringendosi nelle spalle.

«Venite, voi due. Voglio presentarvi i cuccioli» dissi, prendendo Drake per mano e tirandomelo dietro.

Il signor Fluffikins ci seguì fino all'angolo più remoto della mia camera da letto, dove Luna aveva sistemato una pila di coperte e vecchi abiti, facendone un giaciglio per lei e i gattini.

Merlino ci raggiunse, di ritorno da qualche sua

misteriosa incombenza fuori casa. Lui non disse nulla e io non feci domande.

«Sono davvero minuscoli» disse Drake con dolcezza, sedendosi sul pavimento a gambe incrociate.

«Avresti dovuto vederli un'ora fa» dissi, ormai perfettamente calata nella parte della zia piena di orgoglio. «Giuro, sono già raddoppiati da allora.»

Restammo tutti seduti, in attesa che i gattini finissero di mangiare.

Il maschietto fu il primo a staccarsi da Luna. Agitò le zampine sul pavimento e si allontanò dalla pancia della madre. Essendo ancora piccolissimi – non avevano ancora un giorno – non si allontanavano mai da Luna. Ma ora il micetto bianco, quel briccone, si mosse con determinazione attraverso la stanza e, che mi venisse un accidente, continuò la sua marcia barcollante finché non andò a sbattere contro il piede di Drake; a quel punto si fermò e miagolò.

Drake rise e lo sollevò fra le mani.

«Caspita!» disse dopo essersi portato il gattino all'altezza del viso. «Com'è possibile che abbia gli occhi rossi?»

Ridacchiai: «Non dire sciocchezze, Drake. Non apriranno gli occhi almeno per un'altra settimana.»

Lui girò lentamente il piccoletto in modo che potessi osservargli il muso. E non c'erano dubbi: aveva aperto gli occhi, che ora risplendevano di un rosso vivace e rabbioso.

«Questo non è un buon segno» disse Fluffikins.

30

Durante la settimana successiva, Drake e il signor Fluffikins vennero a trovarci ogni giorno. Dicevano di voler solo vedere come ce la stessimo cavando dopo il confronto finale con Dash, ma era abbastanza ovvio che, in realtà, stessero tenendo d'occhio il cucciolo bianco con gli occhi rossi.

Nessuna delle sue sorelle aveva ancora aperto gli occhi e per lo più strisciavano e si muovevano goffamente per andare da un posto all'altro. Il maschietto, invece, era già in grado di correre, saltare e scorrazzare qua e là. La sua attività preferita era giocare con il puntatore laser che avevo preso al negozio per animali. Stranamente, riusciva ad acchiappare il puntino luminoso ogni singola volta, facendo scaricare la batteria e concludere il gioco.

Poi vi fu quella volta in cui starnutì ed evocò un minuscolo ciclone in cucina.

Quando iniziò a mordere Luna mentre lei lo allattava, in modo che il latte fosse misto a sangue, io e Merlino capimmo di dover prendere provvedimenti al più presto.

Quel giorno, quando i nostri amici di Beech Grove arrivarono, lasciammo Drake con Luna e i cuccioli; io e Merlino uscimmo in giardino con il signor Fluffikins per discutere di una questione importante.

«Cos'ha mio figlio che non va?» chiese Merlino.

«È un vampiro» affermò Fluffikins con schiettezza.

«È un mago» ribatté Merlino, scalciando con le zampe posteriori per la rabbia. Non poteva più evocare fulmini – o qualsiasi altra cosa ma aveva ancora alcuni modi di fare tipici di quando era magico.

«In realtà, credo che sia entrambe le cose» mi affrettai a dire io. Entrambi i gatti si voltarono verso di me. «Credo che sia successo qualcosa con Drake il giorno in cui si sono conosciuti. Hanno stabilito un legame.»

«E ora Drake è il suo famiglio?» chiese Merlino inorridito.

«Non so chi sia il famiglio di chi» risposi ridacchiando.

I gatti, tuttavia, non fecero nemmeno un mezzo sorriso.

«Il giorno in cui sei venuto a prelevare Drake» disse Merlino a Fluffikins, spostando ripetutamente il peso da una zampa anteriore all'altra, «hai detto che i vampiri non bevono più sangue. Che si tratta di una pratica vecchia, ormai in disuso. Allora perché mio figlio lo fa?»

Il signor Fluffikins si schiarì la gola, poi disse: «Gli umani vampiri non lo fanno più da tempo.»

«E i gatti vampiri?»

Il signor Fluffikins scosse il capo e sospirò: «Non lo so. Non ne è mai esistito uno—finora.»

Calò il silenzio a questa rivelazione.

«Se la caverà?» chiesi io infine.

Il gatto nero annuì: «È molto robusto e cresce a ritmo accelerato. Di certo l'avrete notato.»

Io e Merlino annuimmo.

«Anche se non è facile sentirselo dire, dovete lasciarlo libero di andare. Lasciarlo partire con Drake. Devono stare insieme.»

Gli occhi di Merlino scrutavano l'orizzonte:

«Come farò a sapere che starà bene?» gemette.

Fluffikins gli si avvicinò e gli appoggiò una zampa sul capo: «Hai la mia parola. Li tratterò entrambi come se fossero cuccioli miei.»

Il mio gatto si voltò verso di me: «A Luna non piacerà per niente questa storia.»

«Lo so» dissi con un sorriso triste. «Non piace nemmeno a me. Ma capisco.»

«Anch'io. Lasciatemi parlare con lei da solo» disse. Poi, senza indugiare oltre, si infilò di corsa nella gattaiola.

Qualche istante dopo, Drake ci raggiunse nel giardino davanti alla casa.

«Ho saputo che hai rotto con Kelley» dissi tanto per fare conversazione, dato che mi sembrava un argomento più facile da affrontare rispetto a quello vampiresco. Kelley mi aveva telefonato qualche giorno prima e aveva pianto tutte le sue lacrime, mentre mangiavamo vaschette di gelato e guardavamo un film rosa sdolcinato su Netflix.

«Era la cosa giusta da fare» disse lui. «Promettimi che le troverai un bravo ragazzo; qualcuno che se la meriti.»

«Certo, lo farò!» dissi, praticamente gridando. Molte cose erano cambiate nelle ultime settimane, ma Kelley era ancora una delle mie migliori amiche. Questo non sarebbe mai cambiato.

«Mi trasferisco» aggiunse Drake con delicatezza. «Non a Beech Grove, bensì in un posto nuovo.»

«C'era un posto vacante per un vampiro in città» spiegò il signor Fluffikins. «Ho garantito per lui.»

«Beh, congratulazioni. Sono certa che tu e il tuo gatto vi troverete bene lì.» Ero troppo triste per la partenza del micino per riuscire a sorridergli.

Drake lanciò un'occhiata a Fluffikins, con un'espressione di palese sconcerto.

«Avete un legame impossibile da spezzare. Un po' come Gracy e Merlino» spiegò il gatto nero.

Era vero. Anche se Merlino aveva sacrificato la sua magia, io ero ancora legata a lui e alla sua famiglia. E ora, chiunque avesse visto Drake e il gattino insieme, avrebbe capito che quei due si appartenevano.

«Beh, se non altro avrò un amico da portare con me in questa nuova avventura.»

«Come lo chiamerai?» gli chiesi. Non mi piaceva il fatto che i cuccioli non avessero ancora dei nomi, nonostante avessero ormai più di una settimana.

«Mmm.» Drake ci rifletté su per qualche istante, poi gli si disegnò sul viso un sorriso buffo: «Dato che è un vampiro, come me, lo chiamerò come quel tizio di Twilight.»

Risi, cosa che non fece altro che infastidirlo.

«Bene, allora vada per Jacob» dichiarò.

Non ebbi il coraggio di dirgli che Jacob era il licantropo. Sembrava così orgoglioso del suo alter ego.

Merlino fece ritorno e annuì con solennità: «Luna capisce. Vuole solo che le promettiate che potremo andare a trovarlo ogni tanto.»

«Amico!» gridò Drake. «Certo che potete! Venite pure quando volete. In qualsiasi momento. Davvero, qualsiasi momento.»

«Allora dovremmo darci una mossa prima che mamma gatta cambi idea» disse Fluffikins.

Io e Merlino tornammo al giaciglio della famigliola di gatti per i saluti.

«A presto, Jacob!» gridai, subito prima che Fluffikins, Drake e il prezioso micetto vampiro svanissero in un turbine di nebbia.

Luna mi guardò sbattendo le palpebre: «Jacob? Da quando si chiama così?»

«Drake lo ha deciso proprio ora» dissi, quasi come per scusarmi.

Lei sospirò: «Allora dovremmo dare un nome anche alle altre, caro.»

Merlino annuì: «Prima però ho una richiesta per Gracy.»

«Certo. Puoi chiedermi qualsiasi cosa. Lo sai.» Mi sedetti sul pavimento in modo che potessimo guardarci negli occhi.

Merlino mi si appallottolò in grembo, lanciandomi un'occhiata con i grandi occhi marroni: «Quando ho rinunciato alla mia magia, ti ho liberata dal vincolo di famiglio. Era l'unico modo per salvarti. Ma tu sei stata senza dubbio il miglior famiglio che un mago potesse mai desiderare. Ti voglio bene e sono grato di averti incontrata.»

«Anche io ti voglio bene, Merlino» dissi; e devo ammettere che stavo piangendo.

«Gracy, mi aiuteresti a trovare dei famigli altrettanto meravigliosi per le mie figlie? So che non sarà facile, ma voglio che abbiano solo il meglio, come io ho—»

«Merlino» lo interruppi. «Scegli me. Amo le tue cucciole come se fossero mie. E le servirò proprio come ho servito te. Staremo tutti insieme, come una vera famiglia. Se per voi va bene, ovvio.»

Luna e Merlino si scambiarono sguardi innamorati e pieni di gioia.

«Non ti meritiamo, tesoro» disse Luna in lacrime. «Ma sono così felice di averti nelle nostre vite!»

«Sì. Margherita, Rosa e Azalea sono le gattine più fortunate del mondo» disse Merlino, chinandosi a leccare sua moglie sulla fronte.

Luna alzò gli occhi su di lui: «Vuoi dire che...?»

«So che è stata dura vedere nostro figlio partire così presto. Quindi daremo alle ragazze i nomi che hai scelto per loro. E poi, hanno iniziato a piacermi.»

I gatti ripresero a leccarsi e io uscii lentamente dalla stanza per lasciare un po' di privacy alla famigliola felina.

Ora anch'io ne facevo parte e mi sarei dedicata a quelle tre giovani maghe per tutta la vita.

Certo, non sarebbe stata la vita che avevo immaginato, ma quella che avrei costruito giorno dopo giorno, strada facendo.

E ne avrei amato ogni singolo istante.

Mi chiamo Gracy Spring e non sono una maga. Ma la mia vita è una magia a tutti gli effetti.

MOLLY E I SUOI LIBRI

CHI È MOLLY FITZ

Tecnicamente, la scrittrice e autrice di best-seller Molly Fitz non è in grado di parlare con gli animali. Questo però non le impedisce di avere conversazioni serie e molto animate con i suoi tre assistenti-scrittori felini.

Molly vive in una sperduta regione selvaggia dell'Alaska insieme a suo bambinə e lo zoo di famiglia. Di tanto in tanto, Molly si arrischia a uscire di casa, se c'è in vista un buon pranzetto o aroma di caffè... o, magari, per incontrare nuovi amici animali.

Scopri di più su Molly e sui suoi libri, e non dimenticarti di iscriverti alla newsletter su **www.raccontimiciosi.com**.

* * *

UN DETECTIVE CON LE VIBRISSE

Angie Russo si è messa in società con il primo gatto parlante investigatore di Blueberry Bay, Gattavius, che, insieme alla sua banda un po' sgangherata di aiutanti animali e umani, risolverà ogni mistero... a patto che questo non interferisca con le sue abitudini. Comincia con il primo libro della serie, ***Il segreto del gatto***.

LE AVVENTURE MAGICHE DI MERLINO

Gracy Springs non è una maga... ma il suo gatto, sì! Adesso, però, Gracy deve mantenere il segreto, altrimenti rischia di passare il resto della vita in una prigione magica. Grossi guai sembrano attenderli a ogni passo. Comincia con il primo libro della serie, ***Merlino sceglie un famiglio***.

... E TANTE ALTRE NOVITÀ IN ARRIVO!

* * *

CONNETTITI CON MOLLY

Se sei alla ricerca di una community di lettori stravaganti, che amano gli animali tanto quanto i libri, allora non c'è dubbio: saremo amici!

Segui **la mia pagina Facebook**: www.facebook.com/raccontimiciosi

Iscriviti alla mia **newsletter** e riceverai un pacchetto gratuito in formato digitale, tutte le ultime novità e aggiornamenti e, nelle occasioni speciali, omaggi pensati apposta per gli appassionati: www.raccontimiciosi.com/iscriviti

NOTE

CAPITOLO 24

1. Il *Dragon breath* è un dolce poco salutare, a base di azoto, che consente di far sputare vapore da naso e bocca.

CAPITOLO 28

1. *Spring* significa fonte, sorgente.